Für Zarifa

Postfach 120307 | 10593 Berlin
www.transit-verlag.de

Umschlaggestaltung und Layout:
Gudrun Fröba
Druck und Bindung:
GGP Media GmbH, Deutschland
ISBN 978-3-88747-387-7

FSC
www.fsc.org
MIX
Papier aus verantwortungsvollen Quellen
FSC® C014496

Jerome P. Schaefer

Der Dschungel von Budapest

Roman : **TRANSIT**

»Wo meine Heimat ist, im wilden Osten, auf den lieblichen, im Licht gleißenden Comecon-Inseln.
Dort gibt es Luft!
Und was für welche...!«
György Petri

1

Tamás Livermore stand am Ufer der Donau und blickte über das unruhige, glitzernde Wasser. Auf der anderen Seite des Flusses hob sich das Parlament vom kalten blauen Himmel ab. Die Schlange der Marathonläufer schob sich Richtung Margaretenbrücke. Die Insel dahinter war nur als grüner Umriss zu erkennen, fast wie eine Schimäre.

Aus dem Walkie-Talkie ertönte die metallisch-knisternde Stimme des Einsatzleiters. Tamás bestätigte seine Position: Angelo Rotta rakpart, Ecke Csalogány utca, dann steckte er das kleine schwarze Gerät wieder in die Jackentasche. Die meisten Sicherheitsleute entlang der Uferpromenade trugen wie Tamás Straßenkleidung, meistens Jeans und Sweatshirt, und darüber eine Lederjacke. Nur eine gelbe Armbinde wies sie als Security aus.

Tamás beobachtete die kleinen bunten, beweglichen Pünktchen vor dem Parlament, an der Kettenbrücke, vor der Akademie der Wissenschaften. Sie waren kaum zu erkennen, aber so wie sie liefen, schienen sie unbeirrt ihr Ziel oder zumindest die Straße fest im Blick zu haben. Viele hatten sich Monate, wenn nicht Jahre auf den Marathon vorbereitet. Die ersten passierten Kilometer 30, dahinter befand sich ein Pulk von Läufern, die um jede Minute kämpften, und irgendwann kamen die Nachzügler, in Schweiß gebadet, mit Beinen schwer wie Blei.

Tamás klappte den Kragen seiner Lederjacke hoch und zog sich die schwarze Strickmütze über. Es war erbärmlich kalt. Ein für diese Jahreszeit eisiger Wind blies über die Donau in die Stadt. Hinter dem Burghügel zogen dunkle Wolken auf. Der Geruch von Regen lag in der Luft. Tamás fluchte. Für den Stundenlohn, gerade einmal 400 Forint, keine vier Dollar, hätte er lieber einen anderen Job gemacht. Aber Geld war Geld, und irgendwie musste er über die Runden kommen. Seine bescheidene Privatdetektei in Kissvábhegy brachte die Miete nicht ansatzweise rein.

Die Spitzengruppe – drei Kenianer und ein Bulgare – näherte sich der Margaretenbrücke. Monoton wie Maschinen setzten sie einen Fuß vor den anderen. Vor ihnen zwei Polizisten mit weißen Helmen und blauen Overalls auf Motorrädern, dahinter ein Wagen des Veranstalters, ein gelber Kompakt-Van. Selbst aus der Ferne erkannte Tamás die Aufschrift und das Logo des Zuckerriegels an der Wagentür: »MARS« – die Verheißung des Westens, zum ersten Mal Sponsor des Marathons.

Tamás zündete sich eine Zigarette an – rote Pall Mall, weiße Filter. Er musterte die Umgebung. Es gab nichts Besonderes zu sehen: Ein paar Zuschauer warteten fröstelnd am Straßenrand; links erstreckte sich die gesperrte Uferpromenade, dahinter ein Mischmasch aus K.u.k.-Wohnbauten und gesichtslosen Büroblöcken. Die ersten dicken Regentropfen klatschten auf den Asphalt.

Keine hundert Meter entfernt, in einem schnörkellosen Altbau, befand sich ein Kino. Über dem nüchternen Vordach hing ein riesiges Werbeplakat für den Film *Jumanji*, darauf abgebildet wuchernder Dschungel, zwei bullige Nashörner und rollende Würfel. Es war ein perfekter Unterschlupf – mit bestem Blick auf die Uferpromenade und den Marathon. Tamás lief durch den Regen, ohne die Läufer aus den Augen zu lassen. Auf der Donau stampften die Motoren eines Panorama-Schiffs, die Touristen drückten sich ihre Nasen an den Scheiben platt. Der Marathon war ein großes Ereignis, das die ganze Stadt beschäftigte.

Der Regen prasselte auf das Vordach. Tamás ließ den Blick schweifen, beobachtete die Läufer aber weiter aus dem Augenwinkel. Die Zigarette im Mundwinkel, zündete er ein Streichholz an. Doch plötzlich war die Flamme erloschen. Die Druckwelle einer gewaltigen Explosion rauschte über ihn hinweg, die freigesetzte Energie löste einen lauten Knall aus. Tamás spürte einen stechenden Schmerz in den Ohren. Sein Schädel brummte, für einen Moment drehte sich alles in seinem Kopf.

Keine fünfzig, sechzig Meter entfernt hatte die Stoßwelle ein Auto gegen die Hauswand geschleudert. Fensterscheiben waren zersplittert, Flammen loderten bis zum Dachstuhl, Rauch hüllte die Hauswände ein und kroch in den Angelo Rotta rakpart. Er hörte das Schreien einer Frau, dann Schritte und aufgeregtes Stimmengewirr.

Tamás reagierte instinktiv. Er hatte solche Momente früher, in seiner Zeit beim Militär, dutzende Male erlebt. Er spurtete, die Knie gebeugt, den Kopf eingezogen, zur Außenwand des Kinos. Die Filmplakate der Wintersaison in der Vitrine über ihm – *Toy Story, Apollo 13, Batman Forever* – hingen noch immer an ihrem Platz, doch nun ohne Glas und Beleuchtung. Die Glassplitter der Neonröhren knirschten unter seinen Sohlen.

Der Ort des Anschlags war jetzt keine zehn Meter von ihm entfernt. Das Auto, bis zu einem Blechhaufen zerstört, hatte eine Kerbe in die Betonwand geschlagen, dichter schwarzer Qualm stieg auf. Der beißende Gestank verbrannten Plastiks breitete sich aus. Die auf dem Boden liegende, stark blutende Frau wimmerte, zwei nicht mehr ganz junge Männer, beide in Trainingsanzügen, kümmerten sich um sie. Wenige Schritte entfernt hielt sich ein Junge den blutenden Arm ungläubig vor das Gesicht. Ein Mann im Anzug, kreidebleich, hielt den Jungen an den Schultern und redete beruhigend auf ihn ein.

Tamás rieb sich die Ohren, der Schmerz ließ langsam nach. Der Bombenanschlag kam nicht unerwartet, es war der dritte in nur einem Monat. In Budapest hatten die Mafia-Banden längst jegliche Zurückhaltung verloren. Tamás hatte davon in den Zeitungen gelesen, im Kleinen merkte er es auch bei seiner Arbeit, in der Privatdetektei. In Budapest herrschte mittlerweile das reinste Chaos. Hier gab es nicht nur einen Konflikt oder eine geheime Macht wie in Nordirland oder Kalabrien. Es herrschte ein unerbittlicher Machtkampf zwischen den dunklen Mächten – auf der einen Seite den lose organisierten Mafia-Clans aus Budapest und der Gegend um Balaton, auf der anderen Seite den internationalen Kartellen aus Russland und der Ukraine, wobei das Ganze noch durch die Gier und Kurzsichtigkeit der Regierung und des korrumpierten Beamtenapparats befeuert wurde. Und die Situation wurde von Monat zu Monat schlimmer.

Die Eingangstür zum Kino öffnete sich. Tamás bedeutete mit einem Handzeichen zwei aufgeregten Jungen, im Kino zu bleiben. Sie versteckten sich wieder hinter dem Tresen. Ein Mitarbeiter kam nach draußen, hob den Daumen.

Das Walkie-Talkie knisterte und knackte. Die Stimme des Einsatzleiters klang trotz Befehlston aufgeregt: »Marathon sofort abbrechen. Läufer in Sicherheit bringen. Ich wiederhole: Marathon abbrechen, Läufer sofort in Sicherheit bringen.«

Sie waren das Szenario in der Einsatzbesprechung mehrmals durchgegangen. Jeder, auch Tamás, wusste, was zu tun war. Der Marathon galt als Risikoveranstaltung. Wer am nächsten zur Spitzengruppe positioniert war, musste sich um diese Läufer kümmern. Es war Tamás' Aufgabe, sie zum nächstgelegenen

Sammelpunkt zu bringen. Der in Pest war zu weit entfernt, der auf der Buda-Seite am ehesten zu erreichen. Dort wäre es dann an der Polizei, sie zu übernehmen.

Es setzte eine Kakophonie des Notfalls ein, in Buda genauso wie in Pest. Sirenen heulten, Polizei- und Krankenwagen schwärmten aus. Metallisch scheppernde Lautsprecherdurchsagen hallten durch die Straßen. Hubschrauber stiegen mit flappenden Rotoren in den verregneten Himmel auf.

Tamás blendete all das aus, er konzentrierte sich auf die nächsten Schritte: Er würde die Läufer an der Ecke Angelo Rotta rakpart und Bem József utca einsammeln. Sie waren nur gut 150 Meter entfernt. Auf halber Strecke zur Margaretenbrücke blieb der erste Läufer stehen. Das Gesicht und die Arme glänzten vor Schweiß und Regen. Der Kenianer blickte unschlüssig um sich. Ein weiterer Läufer stellte sich zu ihm. Auch er war Kenianer. Sie diskutierten. Die Polizisten auf den Motorrädern, die den Pulk begleiteten, hatten bereits das Blaulicht angeschaltet, aber rührten sich nicht. Ihre Hände auf den schwarzen Holstern, warteten sie auf die Security. Sie warteten auf ihn.

Tamás erledigte seine Aufgabe zügig. Er sammelte die Spitzengruppe ein und führte sie über den Angelo Rotta rakpart zur Metro-Station am Batthyány tér, wo die Bereitschaftspolizei mit ihren Wagen stationiert war. Nachdem er die Läufer übergeben hatte, meldete er sich in der Einsatzzentrale ab. Sie befand sich hinter dem InterContinental-Hotel auf der anderen Seite der Donau. Er hatte Glück, denn bei dem Chaos musste er der Polizei nicht ausführlich Bericht erstatten. Er konnte gleich nach Hause in sein Büro gehen und sich frisch machen für den Abend. Er hatte noch einiges vor.

Er würde sich den Tag nicht von einem Bombenanschlag verderben lassen.

2

Die amerikanische Botschaft lag nur wenige Minuten vom Parlament und der Donau entfernt. Es war noch nicht dunkel, die Straßenlaternen waren gerade erst eingeschaltet worden. Trotzdem lag der Szabadság tér, innen viel Grün mit fast kahlen Bäumen, außen gesäumt von wuchtigen K.u.k.-Bauten im Stil des Historismus und der Neoklassik, träge und schwer im kalten Regen.

Tamás ging über einen der Kieswege in Richtung Botschaft. Es roch nach nasser Erde und faulenden Blättern. In der Mitte des Szabadság tér kam er an dem ausladenden Denkmal für die Befreiung Ungarns von der NS-Besatzung vorbei – was schon für sich ein Witz war, weil Ungarn an der Seite der Deutschen gekämpft hatte. Die Kränze waren verwelkt. Tamás sah nach oben zu dem goldenen Stern auf der Spitze des Monuments. Er war in der Dunkelheit kaum zu erkennen, nicht einmal mehr das Licht der Straßenlaternen spiegelte sich auf dem schmutzverkrusteten Metall.

Tamás hatte sich schick gemacht. Er trug eine frische Jeans und ein bequemes weißes Hemd, das seinen drahtigen Körper bedeckte. Dabei kümmerte es ihn nicht, dass der abgewetzte Kragen seines grauen Regenmantels den gewünschten Eindruck störte. Immerhin waren die langen braunen Haare gekämmt und der Schnauzer in dem kantigen, sehnigen Gesicht akkurat gestutzt.

Es war das erste Mal, dass Tamás in die Botschaft eingeladen war. Der Bekannte eines Bekannten, der für den Militärattaché dann und wann romantische Fahrten aufs Land organisierte, hatte seine Kontakte spielen lassen. So war Tamás auf der Gästeliste gelandet.

Der Marine an der Eingangspforte musterte ihn argwöhnisch. Es war ein Frischling, die weiße Mütze auf dem speckigen Kopf wirkte noch wie ein Fremdkörper. Er schwitzte stark, trotz der Kälte, drückte aber den Rücken soldatisch durch.

»Gibt es ein Problem, Sergeant?«

Der Marine antwortete steif, im breiten Südstaaten-Slang: »Order von oben – der Bombenanschlag. Es gilt Sicherheitsstufe 4.«

Tamás runzelte die Stirn, grinste und reichte seinen Pass hinüber.

Der Sergeant blickte auf die Papiere und glich sie mit der Gästeliste ab. »In Ordnung.« Dann wischte er sich den Schweiß von der Stirn, nahm wieder Haltung an und wandte den Blick dem Szabadság tér zu.

Tamás betrat die Botschaft. Er war spät dran, aber das war er bei solchen Veranstaltungen immer. Es machte keinen Sinn, früh zu kommen. Egal ob bei den Vorträgen und Diskussionsrunden, die von Expats aus Amerika, Frankreich und anderen Teilen Europas organisiert wurden, oder bei den Cocktail-Partys der Wirtschaftsverbände und Handelskammern, Kontakte knüpfen konnte man erst im informellen Teil. Das hatte er schnell gelernt.

Die Botschaft war frisch renoviert, mit gediegenem Fischgrat-Parkett, funkelnden Kristalllüstern, unruhigen Farbkleks-

Gemälden, das Gebäude hatte früher einmal dem ungarischen Geheimdienst gehört. Kellner, die meisten ungarische Englisch-Studenten, boten auf Silbertabletts gestapelte Häppchen mit Lachs, Kaviar und Avocado-Creme an.

Tamás nahm ein Glas Sekt vom Tablett. Er konnte nach den Geschehnissen des Tages einen Schluck gebrauchen. Neugierig betrachtete er die Kohlensäure bei ihrem unruhigen Weg an die Oberfläche, dann leerte er das Glas in einem Zug. Während er ein neues Glas vom Tablett angelte, blickte der Kellner bemüht gelangweilt zu Boden.

Der Redner, vorgestellt als Michael J. Jacobs, PhD, ein kleiner, schmieriger Mensch mit teurem Anzug und Nickelbrille, lieferte eine Zusammenfassung von dem, was er vorher breitgetreten hatte. Tamás hörte nicht wirklich zu, es blieben nur ein paar Fetzen bei ihm hängen. Es ging um die demokratische Kraft der Tageszeitungen, die öffentliche Aufgabe des Radios, die Soft Power der Kultur im Allgemeinen und des Theaters im Besonderen, und um vieles mehr. Es war das übliche Gewäsch des SEED, Süßholzraspeln, Worte für Menschen, die noch an das Gute glaubten – oder zumindest dafür bezahlt wurden. Inhaltlich war der Vortrag sicherlich ehrenwert, sprachlich aber leer wie, ja wie was eigentlich – das einzige, was Tamás dazu einfiel, war the slough of a snake, die brüchigen Schlangenhäute, wie man sie oft in Pennsylvania auf den Landstraßen sah.

Unter dem Applaus der Gäste verabschiedete sich der Redner. Die Leute wandten sich dem Essen zu. Tamás sah sich um. Die meisten waren Landsleute, wie er Amerikaner. Es gab ein paar Engländer und Deutsche. Er erkannte sie an der Kleidung, den gut sitzenden Hosen mit der akkuraten Bügelfalte und den Saumaufschlägen. Viele Auslandskorrespondenten waren darunter. Der Pressedienst hatte eingeladen. Frauen waren fast keine da.

Tamás überlegte, zu wem er sich gesellen sollte. Er entschied sich für zwei junge Reporter mit Seitenscheiteln und Hornbrille. Sie sahen naiv genug aus, um in absehbarer Zeit in schwieriges Fahrwasser zu geraten. Besonders der Größere der beiden hatte einen unangenehmen Zug um den Mund, eine selbstzerstörerische Verbissenheit. Menschen wie er verfielen früher oder später den Verlockungen der Halbwelt – Drogen, Prostituierten, Strichjungen, den schrägen Ecken des Glücksspiels. Mit diesen Dingen hatte er sich schon in seiner kleinen Privatdetektei in Philadelphia herumgeschlagen. Die Aussichten dafür waren in Budapest nicht schlechter.

Tamás stellte sich zu den beiden jungen Reportern. Sie stutzten, weil sie ihn nicht einordnen konnten, dann sahen sie sich kurz an, drehten sich um und verschwanden in dem aufgeregt redenden Pulk um den Botschafter.

Tamás schüttelte belustigt den Kopf. Er sah sich gerade nach einem weiteren Glas Sekt um, da spürte er eine Hand auf der Schulter. Er kannte den Mann nicht, der ihn anlachte und mit starkem ungarischem Akzent sagte: »Machen Sie den armen Jungen doch keine Angst! Die haben es schon schwer genug. Haben Sie Mitleid!«

Der nicht allzu große, schlanke Enddreißiger war elegant gekleidet, mit kurzem schwarzem Haar und dünnem Henriquatre-Bart. Er sah aus wie die Karikatur des neuen dynamischen Ungarn nach der Wende, so jedenfalls schätzte Tamás ihn ein. Außerdem war er eitel, wie nur Ungarn es sein können. Sein Händedruck war kräftig, intensiv, der Händedruck eines Menschen, der beinahe täglich mit schwierigen Partnern verhandelt. Dass er Anwalt war, stand ihm auf die Stirn geschrieben.

»Béla Doi«, stellte der Mann sich vor. Seine Augen waren blau – konzentriert, wachsam und blau. Aber es lag auch etwas Unruhiges in ihnen.

»Tamás Livermore«. Tamás verneigte sich.

»Ich weiß«, antwortete Béla Doi nun auf Ungarisch.

»Und woher, wenn ich fragen darf?«

»Einen Moment, bitte.« Béla Doi holte eine Visitenkarte aus der Innentasche seines Anzugs, drückte sie Tamás in die Hand. Oben in der Mitte prangte, Weiß auf Rot, das eidgenössische Wappen. Darunter stand in feiner Schrift »Didier Bürki. Kulturattaché«.

Tamás nickte. Er erinnerte sich an Bürki, auch wenn das schon mehr als zwei Jahre her war. Jemand aus der Halbwelt war dem jungen Schweizer aus gutem Hause auf die Pelle gerückt. Wie so oft war eine Prostituierte – ein junges Mädchen aus der Slowakei – im Spiel gewesen. Ein paar Telefonate und eine ruppige Auseinandersetzung in einem Nachtclub hatten genügt, um die Sache ins Reine zu bringen.

Vor allem aber hatte Bürki ihn fürstlich belohnt – in allerfeinsten Devisen, in Schweizer Franken, dem Traum aller verarmten Privatdetektive, die hier in Osteuropa Fuß zu fassen suchten. Aber wie bei den meisten dieser Spezies war bei Tamás das Geld genauso schnell wieder verschwunden wie es hereingekommen war.

»Beste Referenzen also.«

Béla Doi nahm die Visitenkarte wieder an sich und steckte sie ein. »Herr Livermore«, er rieb sich die Hände, »kommen Sie morgen Vormittag in mein Büro. Andrássy út 105. Anwaltskanzlei Kaplony & Baynok. Dort können wir alles in Ruhe besprechen.«

Tamás steckte die Hände in die Hosentaschen, wiegte den Kopf. »Und in welche Richtung soll die Reise gehen?«

Béla Doi schnalzte kaum merklich mit der Zunge. »Keine Sorge. Die Bezahlung ist gut, großzügig sogar – und viel haben Sie gerade eh nicht zu tun, nicht wahr?«

Béla Doi sah ihn spöttisch an.

Tamás zuckte die Schultern. Er konnte dem nicht widersprechen. Viel hatte er wirklich nicht zu tun – und das Geld war ihm schon vor zwei Wochen ausgegangen. Er war reif für einen neuen Auftrag.

3

Auf dem Weg zu Béla Dois Büro machte Tamás Halt im Kávéház Petőfi, nur einen Steinwurf vom Oktogon und der Andrássy út entfernt. Es war ein schickes neues Café, und wie alles, was neu war, in einem schwer definierbaren Stil gehalten, mit dunkelbraunen Tischen, weichem Licht, unverfänglichen Gemälden an den Wänden. An den Tischen unterhielten sich ältere Ehepaare, ein Geschäftsmann sprach aufgeregt in sein Satellitentelefon, als er fertig war, schob er die Antenne mit einer geübten Bewegung wieder ein.

Tamás setzte sich an einen Tisch am Fenster. Draußen hatte sich der Himmel gelichtet. Der Regen hatte den Schmutz der Stadt, den Staub und die Flüssigkeiten aller Couleur, wieder weggespült.

Die Teréz körút war belebt. Die meisten Fußgänger trugen unscheinbare Herbstjacken, aber auch Anzugträger eilten draußen am Fenster vorbei. Auf der verstopften Fahrbahn drängte sich, eingezwängt zwischen rußgeschwärzten Wohnbauten, dichter Verkehr.

Die Kellnerin, eine hübsche Brünette mit Stupsnase, stellte ihm einen Fekete auf den Tisch. Tamás liebte das Getränk. Klein, schwarz, stark gekocht, genau das richtige, um wach zu werden. Besser noch als Mokka oder Espresso. Der Wachmacher des ungarischen Volkes.

Tamás überflog in der Zeitung die Artikel und Kolumnen zum gestrigen Bombenanschlag. Es war das übliche: viel Blechschaden, zersplitterte Fensterscheiben, ein paar mehr oder weniger schwer Verletzte. Der Ministerpräsident hatte versprochen, die »Mafia-Frage« in den Griff zu bekommen. Die Veranstalter des Marathons wurden gelobt. Alles in allem war das Ganze noch ziemlich glimpflich ausgegangen.

Tamás' Blick blieb auf dem Bild über dem Artikel hängen. Es zeigte den Ort des Anschlags, das verbrannte Auto, die rauchgeschwärzte Hauswand. Es ähnelte einem Foto aus Afghanistan oder dem Irak, den Irrungen und Wirrungen des Nahen und Mittleren Ostens, und doch wirkte es seltsam vertraut. Die Zeitung war voll mit Artikeln und Kommentaren zum Anschlag. Man war dieses Schema in der Stadt gewohnt: Zuerst hatten die Mafiosi einen Streit untereinander, dann wurden die Territorien markiert. Manche bekamen einen Denkzettel, wie der Autohändler in der Csalogány utca. Andere wurden erschossen, wie ein 25-jähriger Bankangestellter in Ujpest, dem ein Profikiller vor zwei Tagen sieben Kugeln aus einer Kleinkaliberwaffe verpasst hatte. Oder wie die Woche davor ein Drogenhändler aus dem Umfeld der Balaton-Mafia, der auf dem Weg zur Trabrennbahn im Kimecs-Park mit einer M16 aus NATO-Beständen regelrecht durchsiebt worden war.

Tamás wusste genauso gut wie jeder andere in Ungarn, dass, seit die Politik jegliche Kontrolle verloren hatte, in Budapest das Gesetz des Dschungels herrschte, ebenso wie in Prag, Bukarest, Moskau, Bratislava – wie im ganzen Osten. Wer überleben wollte, musste sich durchlavieren. Den Menschen in Budapest wie dem Rest des Ostblocks erging es nicht besser als den frisch geschlüpften Echsen auf den Galapagos-Inseln: Wer überleben wollte, musste sich schnell genug vor den gierig umherschnellenden Nattern ins rettende Wasser flüchten.

Tamás ließ die Zeitung am Tisch zurück, zahlte und machte sich auf den Weg zu Béla Dois Büro. In der Andrássy út fuhren die Autos Stoßstange an Stoßstange, das ohrenbetäubende Hupkonzert schwoll an, sobald die Ampeln auf Rot schalteten. Abgase und der Gestank des Abriebs von Gummireifen ließen die Fußgänger schneller gehen. Tamás überquerte die Straße und fluchte zwei rücksichtslosen Autofahrern hinterher. Der Heldenplatz war bereits in Sichtweite, er lag um diese Jahreszeit wie ausgestorben da. Weder Touristen noch Skater störten die Einsamkeit der Figuren, die über dem Rondell thronten. Tamás mochte den Anblick um diese Jahreszeit. Der Heldenplatz sah aus, als hätte die ungarische Geschichte gerade eine Auszeit genommen.

Die Nummer 105 war ein stattlicher Bau, so wie die ganze Andrássy út eine stattliche Straße war. Stuck umrankte die großen Fenster. Säulen aus Sandstein säumten die Veranda zum Garten hin. Es gab zur Vorderseite einen hölzernen Erker mit reichen Verzierungen. Nichts an dem Haus war bescheiden, alles wirkte protzig, aber auch alt. Über der Eingangstür hing ein großes Schild: »Anwaltskanzlei Kaplony & Baynok. Ihr Experte für Immobilienfragen«.

Tamás klingelte.

Eine Sekretärin öffnete ihm. Sie war nicht mehr ganz jung, was durch das toupierte Haar und das Kostüm mit Hahnentrittmuster noch betont wurde. Sie musterte ihn erstaunt von oben bis unten. Der Schnauzbart, die abgetragenen weißen Turnschuhe, das ausgewaschene Polohemd, die laxe, wenn auch angespannte Haltung. Solche Leute schienen selten bei Kaplony & Baynok zu klingeln. Sie krauste die Nase, aber Tamás streckte ihr sofort die Hand entgegen: »Ich habe einen Termin mit Béla Doi.«

Die Sekretärin reagierte zuerst nicht. Ein Anflug von Misstrauen huschte über ihr Gesicht. Dann gab sie ihm die Hand, sagte kurz angebunden: »Warten Sie einen Moment«, und schloss die Türe hinter sich. Nach einer Minute kam sie wieder zurück. Sie lächelte entschuldigend und winkte ihn herein. »Doktor Doi erwartet Sie, dritte Tür links. Ich bringe Sie hin. Wenn Sie nachher Fragen haben, ich sitze hier.« Sie deutete mit der Hand auf den Stuhl vor dem aufgeräumten kleinen Schreibtisch im Vorzimmer.

Schräg gegenüber, am Fenster, saß ein Gorilla von einem Mann, hünenhaft groß, bärtig, mit buschigen Augenbrauen. Unter dem grauen Anzug, Marke Sowjetunion, wölbten sich die Muskel- und Speckberge. Ein Aufpasser, wie er im Buche stand.

Tamás nickte ihm zu. Aber der Gorilla ignorierte ihn, indem er den Blick sofort wieder abwandte und unbeteiligt aus dem Fenster starrte. Er schaute hinaus auf die Andrássy út, wo sich der Verkehr weiter staute.

Die Sekretärin führte Tamás zu Béla Dois Büro. Mitten auf dem Flur blieb sie kurz stehen, schüttelte den Kopf und hob ein zerknülltes Bonbonpapier auf. Tamás, der ebenfalls stehen geblieben war, sah durch die offene Bürotür links von ihm einen Mann an einem etwas zu wuchtigen Schreibtisch sitzen. Der Anwalt, oder was immer er war, Mitte vierzig, gut gekleidet, Seitenscheitel mit leicht ergrauten Schläfen, warf ihm nur einen kurzen Blick zu, nahm den Telefonhörer ab und meldete sich mit »Mihály Farkas«.

Die Sekretärin hob die Hand und bedeutete ihm zu folgen. »Mihály Farkas ist Partner der Kanzlei. Sie werden ihn sicher noch kennen lernen.«

Tamás nickte, blieb aber einen Augenblick stehen, er ließ den langgestreckten, geräumigen Flur auf sich wirken. Die Landschaftsgemälde an den frisch gestrichenen Wänden, der dezente Geruch von teurem Parfüm in der Luft, die Modezeitschriften im Wartebereich – ungarische Ausgaben von Vogue und Harper's Bazaar –, alles hier sprach von Reichtum, der schnell und auf fruchtbarem Boden gewachsen war. Es war ein angenehmer Ort, genau richtig, um über die Details für einen neuen Auftrag zu sprechen.

Als Tamás Béla Dois Büro betrat, bat der ihn, auf dem wuchtigen Ledersessel gegenüber dem Schreibtisch Platz zu nehmen. Der Anwalt wirkte müde, hundemüde. Es schien, als wäre er seit dem gestrigen Abend in sich zusammengefallen. Unter seinen Augen lag ein dunkler Schatten, der Henriquatre-Bart wirkte ungepflegt. Die blauen Augen waren ausdruckslos, kraftlos und leer, auch wenn er sich bemühte, die Fassade zu wahren. Tamás hatte noch nie einen Menschen gesehen, der in gerade einmal elf Stunden, nicht einmal einem halben Tag, so schnell dahingewelkt war. Béla Doi gab sich einen Ruck, kam um den Schreibtisch herum. Sein Händedruck war fest und sollte eine unerschütterliche Ruhe ausstrahlen. Er wusste, ganz Anwalt, wie er sich nach außen zu geben hatte.

Das Büro glich dem Flur, auch wenn es einige Töne düsterer war. Auf dem Tisch stand ein Blumenstrauß, daneben eine kleine silberne Statue, ein Affe, der sich nachdenklich an den Kopf fasste. Während Béla Doi, in einem eleganten Anzug, diesmal im gescheckten Grau, dazu mit einer schmalen Krawatte, zur Minibar ging, blickte Tamás sich im Zimmer um. An den Wänden hingen aufwendig gerahmte, wahrscheinlich zeitgenössische Gemälde – Stillleben mit Abbildungen von Wein- und Sektflaschen mit verschiedenen Dekors. Auf dem Sims darunter stand eine Box mit Weinflaschen, an der lose ein Preisschild baumelte. Auf dem Boden neben dem Schreibtisch lag ein Stapel Tageszeitungen.

Béla Doi mischte im Handumdrehen aus Campari, Wermut und Sodawasser einen Longdrink. Er reichte Tamás das Glas und sagte trocken: »Ein Americano für einen Amerikaner«.

Dann fügte er, ganz vollendeter Gastgeber, hinzu: »Ich rauche nicht. Aber tun Sie sich keinen Zwang an.« Er zeigte auf den Beistelltisch, in der Mitte befand sich ein blank polierter Aschenbecher, um den Streichholzschachteln mit dem Logo der Kanzlei Kaplony & Baynok platziert waren. Tamás fischte sich eine von der Tischplatte und zündete sich eine Zigarette an. Erst da bemerkte er, was ihn stutzig gemacht hatte. Das Zimmer war nicht einfach düster, nicht wie ein schwerer Vorhang oder halb geschlossene Jalousien ein Zimmer an einem regnerischen Tag düster machen. Die Jalousien waren komplett geschlossen, alle Schotten dicht gemacht. Kein noch so schmaler Lichtstrahl fiel in das Büro. Die Deckenlampe, eine gebogene Lampe auf dem Sims und eine kleine Tischlampe waren die einzigen Lichtquellen.

Béla Doi wies mit der Hand auf die Gemälde an der Wand. »Kennen Sie Zoltan Preiner?«

Tamás reagierte nicht.

»Den Maler, Zoltan Preiner?«, fragte Béla Doi.

Als Tamás noch immer nicht reagierte, ließ der Anwalt das Thema gut sein. Es war klar, dass er sich nicht über Kunst unterhalten wollte. Wahrscheinlich interessierte er sich gar nicht für Kunst. Sie war für ihn ein Türöffner, etwas, das er nutzte, um mit anderen ins Gespräch zu kommen.

Béla Doi setzte sich an die Kante des Schreibtischs und fuhr sich mit der Hand über den Bart. Es sollte ruhig und nachdenklich wirken. Aber er presste die Finger etwas zu fest zusammen. Nicht viel, nur einen Hauch, aber genug, dass die Geste nervös wirkte. »Wie lange leben Sie schon in Budapest?«, fragte er.

»Zwei Jahre.«

»Sie sind also nicht das, was man heutzutage einen ›postsozialistischen Menschen‹ nennt? Jemand, der noch die gute alte Welt mit seinen Kolchosen und Staatsbetrieben kennt?«

Tamás schüttelte den Kopf. »Nein, zumindest nicht von dieser Seite des Vorhangs.«

Béla Doi folgte Tamás' Blick auf die geschlossenen Jalousien, schwieg einen Moment, dann fragte er unvermittelt, wie von Mann zu Mann: »Haben Sie Kinder?«

Tamás schüttelte den Kopf.

»Eine Frau?«

Wieder Kopfschütteln.

»Ich nehme an, das ist gut für Ihren Job.«

»Ich kann mich nicht beschweren.«

Béla Doi ließ seinen Blick von der Jalousie zurück zu Tamás wandern, hielt den Blick aber nicht lange. Er schwieg und grübelte, war für einen Moment abwesend.

Tamás schwenkte den Americano in seinem Glas. Es war aus Kristall, ein herrliches, hauchdünnes und doch funkelndes Kronglas. Er betrachtete die dicken, zuckrigen, rotweißen Schlieren an den Glaswänden. Er nahm einen Schluck und sagte, einfach, um den anderen ein wenig aus der Reserve zu locken: »Wie ich sehe, haben Sie nicht gut geschlafen. Sie sehen müde aus.«

Béla Doi sah ihn noch immer nicht an, seine Miene war ausdruckslos, als er sagte: »Die Dinge drehen und wenden sich. Manchmal wenden Sie sich zum besseren, manchmal zum schlechteren.« Dann schwieg er für einen Moment, bis er resigniert den Kopf schüttelte. »Dieses Land ist pathetisch. Alles hier ist pathetisch.«

Tamás sah ihn gespannt an. »Was ist passiert?«

»Sie haben dem Hund meiner Tochter die Kehle durchgeschnitten.« Er ahmte die Geste mit der Handfläche nach. »Einfach so. Es ist ...«, als Béla Doi kein passendes Wort fand, machte er eine leichte, wegwerfende Handbewegung. »Es war ein japanischer Hokkaido. Der emotionale Wert eines solchen Hundes – natürlich – ist groß. Aber wissen Sie, was so ein Hund kostet?« Béla Doi schüttelte den Kopf. »Sie haben ihn an den Hinterbeinen aufgehängt. Er ist vor der Haustür ausgeblutet.«

Tamás nickte. Er hatte oft solche Geschichten gehört. »Wer sind ›sie‹? Haben Sie eine Idee, wer es gemacht hat?«

»Wenn ich das wüsste«, Béla Doi seufzte. »Dann könnte ich ruhiger schlafen.« Der Anwalt ging zum Fenster. Obwohl die Jalousien geschlossen waren, stand er da, als schaue er auf die Straße hinaus, seine Nase fast schon an die Fensterscheibe gedrückt. Es war eine seltsame, etwas paranoide Geste.

»Und Sie haben keine Ahnung?«

»Nein, eigentlich nicht.«

»Was heißt ›eigentlich‹?«

Béla Doi lächelte wieder resigniert. »Wir leben hier im Wilden Westen, Herr Livermore. Keine Canyons, aber unbegrenzte Möglichkeiten. Goldschürfer, wohin man blickt. Wer Geld verdient, wird bedroht, so ist das hier.«

»Gibt es keine Ausnahmen?«

»Fragen Sie meine Kollegen. Gehen Sie in die guten Geschäfte in der Váci utca, zu László Vass oder wem auch immer. Jeder bekommt Briefe, Telefonanrufe. Das ist unser Leben.«

»Warum rückt man dann ausgerechnet Ihnen auf die Pelle?«

Béla Doi blickte wieder auf die Jalousien. Es war offenbar eine Obsession. »Ich bin Immobilienanwalt.« Er zuckte mit den Schultern.

Tamás lächelte und deutete mit dem Daumen zur Wand. »Ich gehe davon aus, dass die meisten Ihrer Kollegen entspannter sind.«

»Nicht alle. Wenn man an die falschen Klienten kommt, dann ist es vorbei mit der Ruhe.« Er machte eine entschuldigende Geste. »Das passiert in Budapest jeden Tag, in unseren Kreisen zumindest.«

Béla Doi ging zur Minibar. »Ich denke, wir können etwas Kräftigeres vertragen.« Dann schenkte er zwei Gläser Whiskey ein, reichte eines Tamás und ging um den Schreibtisch herum. Er öffnete eine Schublade, holte ein dickes Bündel Eintausend-Forint-Scheine heraus und hielt es Tamás vor die Nase. »Das sind zwei Millionen Forint. Gutes Geld in schweren Zeiten. Sehen Sie …«, er zählte mehrere Scheine ab, »das sind 500 000 Forint, die erste Anzahlung. Nächste Woche bekommen Sie eine Million, und die letzte Rate, wenn alles vorbei ist.«

Tamás blickte auf die 500 000 Forint. Ein schöner Batzen Geld. Allein das würde für mehrere Monatsmieten reichen. »Nun«, er blickte Béla Doi an, »das hört sich wunderbar an. Aber was ist meine Aufgabe?«

»Kümmern Sie sich um meine Frau und meine Tochter. Passen Sie auf sie auf. Und stellen Sie keine Fragen. Und, sollte etwas passieren, bringen Sie die beiden von hier weg. Ich gebe Ihnen die Adresse, wenn es soweit ist.«

»Eines verstehe ich nicht, Herr Doi.« Tamás blickte auf sein Gegenüber. »Warum einen Ex-Boxer aus den Staaten engagieren, wenn man einen eigenen Sicherheitsdienst hat?«

Béla Doi lächelte bitter. »Manchmal ist es besser, wenn die Dinge nicht zusammenhängen. Das gibt Spielraum, verstehen Sie?«

Tamás nickte. Er trank sein Glas aus und hielt es Béla Doi hin, der ihm und sich selbst eine zweite Runde ausschenkte.

»Haben wir einen Deal?«, fragte der Anwalt. »Ich bräuchte Sie schon morgen.«

Tamás nahm den Arm mit dem Glas zurück und blickte auf den Whiskey, den er leicht schwenkte. »Das sollten wir hinbekommen.«

Dann schüttete er den Whiskey in einem Zug herunter. Er dachte an das dicke Bündel Forint-Scheine und lächelte. Wenn das keine guten Aussichten waren.

4

Um sechs Uhr ging Tamás zum Training. Istváns Gym war nicht nur das Mekka der Freunde der Süßen Wissenschaft, es war auch der Ort, an dem man alles über jeden erfahren konnte. Der Besitzer des Gyms, István Lakatos, war ein wandelndes Lexikon. Ehemaliger Olympionike, preisgekrönter Trainer aus Tatabánya, und er kannte die Unterwelt besser als seine eigenen Boxhandschuhe.

Das Gym lag etwas außerhalb in Pest, in einem Hinterhaus an der Üllői út. Den ganzen Tag toste dort der Verkehr in Richtung Flughafen und weiter in die Nachbarstädtchen, nach Cegléd und Szolnok. Tamás, noch immer mit Schlagseite von Béla Dois Longdrink und dem Whiskey, stieg die schmalen Stufen zum Gym hinab. Er atmete den Schweiß und die Pheromone ein, und schon war er in einer anderen Welt. Mit einem Mal war alles weit weg und vergessen, der Bombenanschlag in der Csalogány utca ebenso wie der neue Auftrag.

Tamás zog sich in der kargen Umkleidekabine um. Einige waren bereits im Ring, andere warteten außen hinter den Seilen. Alle waren gut durchtrainiert, die meisten sehnig und zäh. Kein Gramm Fett polsterte die eingefallenen Gesichter. Wer hier trainierte, boxte seit seiner Kindheit.

Tamás arbeitete – angeleitet von Istváns kräftiger Stimme – gemeinsam mit den anderen die Drills und technischen Übungen durch.

István wies ihm den härtesten Sparringspartner zu. Tamás war nicht mehr so gut in Schuss wie früher. Der Alkohol und die Zigaretten nagten an ihm. Er kam schneller außer Atem. Aber er hatte keine Probleme, dem Jüngeren Paroli zu bieten. Kaum einer war so beweglich und in sich ruhend wie er. Er schwitzte und drehte und wendete sich, tauchte unter den wuchtigen Haken des Trainingspartners durch. Er setzte seine Führhand ein, präzise und leicht, auch wenn er den einen oder anderen Power-Punch, der unerwartet durch die Deckung kam, hinnehmen musste. Tamás wartete ab und reagierte im richtigen Moment blitzschnell. Er konnte die Schläge des Sparringspartners immer noch vorausahnen.

Nach dem Sparring ging Tamás zu István, der sich zwischen den geflickten Boxsäcken gerade eine Pause gönnte. In dem roten Trainingsanzug, den Rücken durchgestreckt, der Bauch wuchtig, der Kopf gerade und massiv, sah István aus wie ein General aus den Blütezeiten der Roten Armee.

»Du musst mir helfen«, sagte Tamás.

István nickte. Er war es gewohnt, dass Freunde ihn um einen Gefallen baten, und legte den gewaltigen Kopf schief, um besser zu hören.

Tamás erzählte ihm die Geschichte – zumindest das, was er wusste. Es war noch nicht viel. Dann sagte er, während er die Bandagen ablegte und zusammenrollte: »Es kann sein, dass ich einen deiner Leute für ein, zwei Abende brauche.«

István zuckte mit den Schultern. Es war warm im Gym, es roch nach Schweiß. Im Ring prügelten sich zwei junge Boxer mehr als sie boxten. István schüttelte missbilligend den Kopf. Der knorrige Trainer sah Tamás aus seinen großen, unerschütterlich blauen Augen an und wischte sich den Schweiß von der Stirn. »Das lässt sich machen – aber, mit wem haben wir's zu tun?«

Tamás stutzte. Er hatte tatsächlich kein einziges Mal den Namen seines Auftraggebers genannt. Er hatte ihn immer nur mit seinem Beruf bezeichnet: »Der Anwalt aus der Andrássy út«. Von István mit strengem Blick fixiert, nannte er Béla Dois Namen.

István nickte.

»Du kennst ihn?«

»Nicht persönlich.«

István winkte ein Sechser-Team vom 20-Uhr-Kurs herbei, sie sollten sich ohne Anleitung aufwärmen. Er gab jedem einzelnen konkrete Anweisungen. Tamás war den Jungs hier im Gym schon mehrmals begegnet. Es waren gute Kämpfer. Sie kamen aus den Armenvierteln – aus Józsefváros und den verfallenen Notunterkünften in Dzsumbuj. Ihre Haare waren kurz und pragmatisch geschnitten, sie trugen gefälschte Markenklamotten – Fußballtrikots und Sporthosen – von den Vietnamesenmärkten aus dem Umland der Stadt. Auf diese Jungs konnte sich István verlassen. Es waren seine besten Pferde, Fighter, gut genug, um sie zu halbprofessionellen Kämpfen auf die Bretter der ungarischen Provinz zu schicken – in Zirkuszelte und alte sozialistische Kongresshallen, in denen der Beton bröckelte und die Wasserschäden ihr übriges taten.

István schickte sie weg und wandte sich wieder an Tamás. »Ich habe nur flüchtig mit Béla Doi zu tun gehabt.«

»Das heißt?«

»Er hat ein paar Laufhäuser gekauft. Er war immer der Strohmann für den engeren Lél-Sipos-Kreis, du kannst dir diese Sorte von Business ja vorstellen. Kleine Schuppen an der Autobahn nach Bratislava, mehr oder weniger dieselben, wo auch meine Mädchen arbeiten. So sind wir in Kontakt gekommen. Konkurrenz belebt das Geschäft. Seine Firma heißt, oder hieß, HungaroLuv Kft. Was für ein Name!«

Tamás grinste. »Ich vermute mal, die Schuppen an der Autobahn sind ein gutes Geschäft…«

István wiegte den Kopf: »Mal so, mal so. Für mich ist es auf jeden Fall gut genug, um über die Runden zu kommen. Der Laden hier kostet ja auch Geld.«

Tamàs nickte. Wer hier boxte, der wusste, dass er sich bei den Damen aus dem horizontalen Gewerbe bedanken konnte. Dann fragte er, ohne seinen Blick vom Geschehen im Ring abzuwenden: »Wie legal ist das, was bei HungaroLuv abläuft?«

»Die Frage ist, auf welcher Ebene.« István grinste. Doch dann überlegte er kurz. Ein gewaltiges Runzeln breitete sich über die Stirn aus, es wanderte über die Schläfen und buschigen Augenbrauen bis zu den Wangen. »Tamás, egal was du vorhast, die Sache könnte heikel werden. Béla Doi ist nur ein kleiner Fisch, aber er arbeitet für die Mafia.«

»Den Kreis um Lél Sipos?«

István nickte. »Wie nah er tatsächlich dran ist, weiß ich nicht. Aber die Anwaltskanzlei ist eine gut geführte Außenstelle, ohne Kontakte kommt da keiner rein. Umso mehr wundert es mich, dass Béla Doi dich anheuern will.«

Tamás ignorierte die Frage, die in diesen Worten mitschwang. Stattdessen fragte er: »Wofür genau ist Béla Doi zuständig?«

»Für alles, was grau ist: Immobilien in Budapest, Developments im Umland, die meisten davon im Norden bis an die slowakische Grenze, im Osten bis zur Ukraine und nach Rumänien, er kümmert sich um die Auslandskonten, die Geldwäsche, die Import-Export-Geschäfte. Béla Doi versteht sein Handwerk. Und Lél Sipos, soweit ich weiß, schätzt seine Arbeit. Béla Doi hat vieles für ihn aufgebaut. Wieviel er in die eigene Tasche gewirtschaftet hat, ist eine andere Sache. Noch fünf Jahre und er ist ein gemachter Mann, denke ich, und niemand erinnert sich mehr, woher das Geld gekommen ist.«

Tamás nickte. Sein Blick fiel auf die Bronzemedaille an der Wand hinter Istváns Schreibtisch. Einer seiner Schützlinge hatte sie bei den Olympischen Spielen in Los Angeles gewonnen. István folgte Tamás' Blick und lächelte. »Ja, ja, Tatabánya. Das waren noch Zeiten.« Die Olympiamedaille war ein Relikt aus den Jahren in und um den Olympiastützpunkt Tatabánya. Seitdem hatten sich die ehemaligen Olympioniken in alle Winde zerstreut.

»Was ist mit den Leuten im Umfeld von Béla Doi? Halten sie zu ihm? Hat er Feinde? Weißt du von Streitigkeiten?«

»Wer hat sie nicht heutzutage?« István sah kurz auf die Uhr und dann zum Ring hinüber. »Die Anwaltskanzlei war früher dank der Lél-Sipos-Clique gut im Geschäft. Lél Sipos kannte die richtigen Leute, wusste, wie richtig Kasse zu machen ist. Er hat sich eine Truppe aus Schlägern und professionellen Killern zugelegt. Er hatte alles allein in der Hand. Bestach alles und jeden, vertrieb die alten Eigentümer, kaufte die Häuser in Budapest in guter Lage billig und verkaufte sie für beachtliche Summen wieder an Investoren aus Österreich. Ohne Béla Doi hätte das nicht funktioniert. Ich habe gehört, dass die Sache mit dem Agrarland Béla Dois Idee war. Sie haben riesige Ländereien in Tolna und Fejér aufgekauft. Du weißt ja, Ausländer durften ohne ungarischen Joint-Venture-Partner kein Land kaufen, also hat sich Sipos als einheimischer Partner mithilfe von Béla Doi ein goldenes Näschen verdient.«

Tamás nickte. »Wenn man den Zeitungen glauben kann, sind die fetten Jahre aber vorbei, oder?«

»So ist es. Lél Sipos wird aus fast allem rausgedrängt: Drogen, Mädchen, Waffen, Schutzgeld. Die Russen und Ukrainer übernehmen das Business, das sind richtig harte Jungs. Sie bringen das Land unter ihre Kontrolle. Und unser Ministerpräsident, der gute Herr Korvin, tut nichts. Lél Sipos hat darauf reagiert, er hat versucht, sich mit der Balaton-Mafia zu verbünden. Aber das reichte nicht. Für Lél Sipos fallen nur noch Krumen ab. Immobilien sind seine letzte Bastion, um die Rendite hoch zu halten.« István unterbrach seine Rede für einen kurzen Moment, um sich den Schweiß wieder von der Stirn zu wischen. »Aber das geht heute allen so. Auch ich tu mich schwer mit meinen Mädchen und dem Gym. Wie soll sich der ehrliche Mann heutzutage noch über Wasser halten? Die Tambowskaja und die Malina und wer hier in Budapest noch alles dazugehört, sie teilen sich den Markt gerade neu auf.«

Die quadratische schwarze Digital-Uhr mit den roten Ziffern piepte. István warf das Handtuch über die Schulter, musterte Tamás kurz und sagte in väterlichem Ton: »Tamás, melde dich, wenn du einen Schritt weiter bist. Oder wenn du Hilfe brauchst«. Dann ging er zurück zu seinen Boxern, die er sich nebeneinander aufstellen ließ, und malte mit weißer Kreide ein paar Striche und Kreuze auf den Boden.

Tamás zog das schweißgetränkte T-Shirt aus und verabschiedete sich mit einem Handzeichen von István. Dann machte er noch schnell zwanzig Klimmzüge und verschwand in die Umkleidekabine. Der Verkehr draußen auf der Üllői út ließ die Wände des Gym wie Pappmaché erzittern.

5

Tamás machte sich am nächsten Morgen auf den Weg zu Béla Dois Villa in den Bergen von Buda, allerdings nicht in seinem klapprigen Toyota, sondern mit dem Bus. Sein Wagen war seit zwei Wochen hinüber. Zuerst hatte er kein Geld gehabt, ihn reparieren zu lassen, und jetzt, wo das Geld da war, ließ ihn die Werkstatt im Stich.

Tamás verließ sein Büro in Kissvábhegy. Er ging die Goldmark Károly út in Richtung des Bahnhofs Déli pu. Die tristen Betonbauten seines Viertels überwucherten die Ausläufer der Berge von Buda, die sich bis an die Donau erstreckten. Die gewundenen Straßen waren eng und verhältnismäßig steil, hin und wieder öffnete sich zwischen zwei Gebäuden der Blick auf das Panorama von Pest auf der anderen Seite der Donau. Am Déli pu entschied er sich als Frühstück für ein Glas Pálinka, das ›Lebenswasser der ungarischen Königin‹, ein Muss auf den nüchternen Magen, und eigentlich wollte er dazu ein Lángos, aber er wusste, dass es ihm schwer im Magen liegen würde.

Die Sporttasche mit den Sachen zum Wechseln über der Schulter, ging Tamás durch das flache Rund um den Déli pu mit seinen abgewirtschafteten Gründerzeitbauten und den graffitiüberzogenen Hauswänden. Der Tag war weder warm noch kalt.

Üblicherweise fuhr Tamás mit dem Auto in Richtung Moszkva tér, über die weite, etwas verlorene Krisztina körút mit ihren ramponierten Bodenplatten und den verwilderten Grünflächen auf beiden Seiten der Straße. Doch jetzt war er zu Fuß unterwegs, und die Autos krochen hupend und knatternd an ihm vorbei der Margaretenbrücke entgegen, und von dort nach Pest und weiter in die Innenstadt zu den Büros und Geschäften. Es roch nach Staub, abgefahrenem Gummi und Abgasen. Das Sonnenlicht war fahl und gelb, die Hauswände grau, die Fensterscheiben schmutzig und blind. Das war nicht das pittoreske Budapest aus der Touristenwerbung. Aber Tamás liebte die Stadt, er liebte sie so, wie sie war. Hier fühlte er sich zuhause. Er blieb einen Moment stehen, zündete sich eine Zigarette an und sah zum kahlen Rücken der Burg hoch, der nicht der Donau zugewandt war.

Am Moszkva tér machte er einen kurzen Abstecher zum Markt, um bei Zsombos, einem ehemaligen Ringer, einen Kaffee zu trinken und ein Schwätzchen zu halten, aber Zsombos hatte keine Neuigkeiten. Dann stieg Tamás in den Bus 21A. Von seinem Sitz überblickte er den Moszkva tér. Es war ein Wirrwarr an Trambahnlinien, ein Gewusel von ein- und aussteigenden Fahrgästen und dazwischen Menschen, die ihre Einkäufe in großen, rot und blau gestreiften Plastiksäcken und -tüten mit sich herumtrugen. An den kleinen, spärlich, aber mit Umsicht bestückten Obst- und Gemüseständen priesen sonnengegerbte Alte ihre Waren an, das meiste davon aus dem eigenen Garten. Es war 10 Uhr 12. Der Fahrer machte eine Durchsage, der Bus würde erst in zehn Minuten abfahren. Tamás stieg noch einmal aus. Am Eingang zur Metro drängten sich schmale Geschäfte mit Süßigkeiten, Zeitschriften und Ramschwaren aus China, aber auch preiswerten Zigaretten. Es gab keine Pall Mall, Tamás kaufte eine Stange Lucky Strike, steuerfrei, und eine Flasche Whiskey. Er nahm einen Schluck und verstaute alles in der Sporttasche. Auf dem Weg zurück zum Bus stachen ihm, wie so oft, die neuen riesigen, bunt leuchtenden Werbetafeln von Osram und JVC auf den Hausdächern ins Auge, während der Schriftzug ›Wernesgrüner‹ auf der ansonsten nackten Hauswand gegenüber der Metro-Station kaum noch zu sehen war.

Der Bus, ein klappriges Überbleibsel der Volksrepublik, fuhr ab. Entspannt betrachtete Tamás, wie die Straße hinter dem Városmajor-Park wieder in die Berge von Buda bog. Die Hügel waren sanft geschwungen, andauernd ging es auf und ab. Entlang der Straße standen Einfamilienhäuser, und sie wurden gepflegter, je weiter der Bus sich vom Moszkva tér entfernte, aber auch von seiner Bürowohnung in Kissvábhegy. Wer in Budapest Geld hatte, zog in die Berge von Buda, wenn möglich weit nach oben, wo die Luft besser und der Blick auf die Stadt weiter war.

An der Ordás út, gut zehn Minuten vom Moszkva tér entfernt und nun mitten in den Hügeln, stieg er aus. Es gab hier viel Grün. Hecken und Bäume hinter verwitterten Holzzäunen und rostigem Maschendraht verdeckten den Blick auf die Häuser. Die meisten waren einfach gebaut. Einstöckige Einfamilienhäuser mit weißen Fensterrahmen und rotem Ziegeldach, typische Standardware, wie man sie bei jedem Bauunternehmen bestellen konnte. In den Gärten standen Plastikschaukeln. Ein bescheidenes Stück Wohlstand. Jeder zeigte so viel Idylle, wie er sich leisten konnte.

Über einen schmalen Weg ging Tamás zur Özike út, dann bergauf weiter Richtung Zugliget, dem einstigen place to be des K.u.k.-Großbürgertums auf dem János-Hügel. Auch hier versteckten sich die Häuser halb hinter wucherndem Grün. Sie lagen verlassen da, mit gepflegten Gärten und sauber gekehrten Einfahrten. Ein BMW kam ihm entgegen. Der Fahrer bremste ab, starrte Tamás neugierig an und fuhr weiter. Vor einem verlassenen Bungalow mit eingeschlagenen Fensterscheiben und wild wachsenden Weinstöcken schaufelten Arbeiter die Auffahrt frei. Tamás kramte die Whiskeyflasche aus der Sporttasche, nahm einen großen Schluck und legte die letzten zweihundert Meter bis zur Hausnummer 64 zurück.

Tamás stand vor Béla Dois Anwesen am schmiedeeisernen Tor, von dem aus eine Treppe hinunter zum Hauseingang führte. Er hatte wegen Béla Dois Eitelkeit einiges erwartet, aber das, was er sah, übertraf es bei weitem. Das riesige Grundstück lag direkt am Hang. Die Auffahrt war von Kastanien umsäumt und führte in einem Bogen hinunter zum Haus. Wobei es nicht einfach nur ein Haus war. Es war eine prächtige, frisch renovierte Villa aus der Gründerzeit – sandfarbener und roter Backstein, hölzerne Verzierungen am Gesims, auf der linken Seite, auch aus Holz, ein Wintergarten mit Blick auf eine große Wiese, die sich nach hinten zu einem Wäldchen öffnete.

Tamás pfiff durch die Zähne. So hatte er sich noch in den Staaten das alte Europa vorgestellt: dekadent und überladen. Nach allem, was er bisher gehört hatte, konnte er sich gut vorstellen, wie Béla Doi an diese Villa gekommen war. Er blieb noch einen Moment stehen und horchte in die Stille. In einer Straße weiter unten am Hügel fuhren die Reifen eines Autos über Kies, entfernten sich. Auf dem Grundstück gegenüber schürften die Arbeiter weiter Unrat. Vom Wäldchen hinter der Villa war Vogelgezwitscher zu hören. Das uneindeutige Brummen der Stadt war durch den dichten Baumwuchs und die Häuser entlang der Hügel kaum noch zu hören.

Tamás drückte bedächtig auf die Klingel. Kurz darauf meldete sich eine kaum verständliche Frauenstimme durch den Türsprecher. Er nannte seinen Namen und fügte sicherheitshalber hinzu: »Ihr Mann hat mich geschickt.« Es knisterte und knackte, trotzdem hörte er die Frauenstimme jetzt klarer, die sagte:

»Ich bin gleich bei Ihnen«.

Tamás glättete mit der Hand das ungebügelte Hemd über seiner Brust. Nicht, dass es ihn groß gekümmert hatte, aber ihm war aufgefallen, dass sich der lange, etwas unvorteilhafte Schatten einer Falte quer durch die Palmenblätter seines Hawaiihemds zog.

Er sah aus der Ferne, mit zusammengekniffenen Augen, wie sich die Haustür öffnete. Dann kam eine schlanke, junge Frau mit einer Bulldogge an der Seite die Treppe zum Tor hoch. Offensichtlich versuchte sie, mit jedem ihrer Schritte ihre erotische Ausstrahlung zu unterstreichen – sie wirkte entspannt und wiegte ihr Becken wie bei einer Art rhythmischer Partner-Massage. Trotzdem – oder gerade deswegen – wirkte ihr Gehabe aufgesetzt. Die weiße seidene Bluse war einen Hauch zu weit geöffnet, der enge blumige Rock etwas zu kurz. Sie hatte die Ausstrahlung einer Sekretärin, die ihren Chef geheiratet hatte und gesellschaftlich schnell aufgestiegen war. Aber ihre Beine, das musste Tamás zugeben, waren sensationell.

Zsófia Doi lächelte ihn durch die Gitterstäbe an. Ihr Lippenstift war etwas zu rot und grell, die Haare zu sehr hergemacht. Nur Gott wusste, wie viel Haarspray sie für diese Frisur verwendet hatte. Tamás schüttelte ihre schmale, zierliche Hand. Dann versuchte er der knurrenden Bulldogge den faltigen Kopf zu streicheln, aber der Hund wandte sich ab und machte einen Schritt nach hinten. Tamás setzte an, etwas zu sagen, aber Zsófia Doi unterbrach ihn sofort.

»Wir wollten Anna ein bisschen ablenken. Deshalb der neue Hund.«

Tamás nickte, ohne die Miene zu verziehen. Er sagte nur: »Wollen wir hineingehen?« Er hatte nicht gefrühstückt, jetzt spürte er seinen Magen wieder. Oder besser: den Whiskey darin, der höllisch zu brennen begonnen hatte.

Während Tamás ihr die Stufen hinab zum Haus folgte, in die Duftwolke ihres vermutlich teuren Parfüms gehüllt, sah er sich um. Die welken Blätter an den Bäumen hatten bereits begonnen, auf den Boden zu fallen. Das Gras, im Sommer wohl gründlich gewässert, streckte sich den Hang entlang saftig und grün bis zum Waldrand. Die Bäume dort ragten dunkel und kräftig in die Höhe. Sie waren mindestens hundert Jahre alt. Rechts vom Haus führte ein schmaler Weg zur Rückseite, begleitet von einer Hecke mit gelben Blättern. Dahinter waren die Schemen eines anderen Hauses zu erkennen.

»Gehört der Wald zum Grundstück?«, fragte Tamás.

Die Bulldogge sah skeptisch über die Schulter. Zsófia Doi wandte nur leicht den Kopf. Sie sagte: »Sehen Sie auf der Wiese einen Zaun?«

Obwohl es eine rhetorische Frage war, blickte Tamás noch einmal dorthin. Er war es gewohnt, seinen Blick schweifen zu lassen.

Sie lächelte, dann bemerkte sie, bevor sie das Haus betraten: »Das Grundstück sieht größer aus als es ist. 250 Meter breit, einen Kilometer lang. Dahinter befinden sich andere Häuser. Früher war hier eine Kurklinik.«

»Schönes Bauland, wenn Sie mich fragen.«

»Wer weiß, irgendwann in der Zukunft vielleicht.« Zsófia Doi ließ ihn eintreten.

Als er an ihr vorbeiging, um die Lederjacke aufzuhängen, verzog sie instinktiv das Gesicht. »Haben Sie um diese Uhrzeit schon Whiskey getrunken? Der Geruch ist ja – sehr speziell.«

»Four Roses.« Tamás grinste.

»So, so, Sie sind ein Mann der alten Schule.« Dann fügte sie hinzu: »Von meinem Mann weiß ich, dass Sie Boxer sind…«

»Ja, ein ehemaliger Golden-Glove-Champ, den es ins alte Europa verschlagen hat. Ich möchte fast sagen: ein has been, wie er im Buche steht.«

Zsófia Doi blickte ihn amüsiert an. »Und der Schnurrbart, ist er Teil dieser beeindruckenden Geschichte?«

»Ein Markenzeichen. Zusammen mit der Lederjacke. Wie, denken Sie, kriegt ein Detektiv heutzutage Aufträge?«

Zsófia Doi schüttelte belustigt den Kopf. Sie führte ihn durch das Foyer ins Innere der Villa. Der Salon war geschmackvoll eingerichtet. Er war um einiges zurückhaltender als das Büro in der Andrássy út, eher bürgerlich als neureich, mit großem, massivem Esstisch in der Mitte, rotem Orientteppich, brusthohen Bücherregalen entlang der Wände, aber auch schwerem ungarischen Mobiliar und ein paar Vasen mit Wiesenblumen darin. Auf dem Tisch lag eine aufgeschlagene Klatschzeitschrift. Tamás erkannte das Gesicht von Lady Di. In der Ecke stand ein großer Fernseher, Marke Panasonic, darunter im Kabelgewirr ein Nintendo-Gerät mit Controller und Spielen. Es war behaglich hier, ein Ort, wo er gerne am Morgen mit einer Zeitung und Bademantel gesessen hätte. Tamás dachte mit Gruseln an sein eigenes unaufgeräumtes und karges Wohnbüro in Kissvábhegy.

Sie setzten sich in den Wintergarten. Zsófia Doi brühte einen Kaffee auf und bot ihm Kekse aus einer großen englischen Blechdose an. Tamás sah aus der Fensterfront. Am Himmel waren Wolken aufgezogen. Das Gras wirkte aus der Nähe noch frischer und der Wald noch weiter entfernt. Am Hang gab es ein flaches Plateau mit niedriger Betonschale, das im Sommer wohl als Feuerstelle genutzt wurde. Ein idyllisches Familienleben – mit knackenden Holzscheiten, pechschwarzem Firmament und den schrillen Schreien der Fledermäuse bei Nacht.

In einer Ecke des Salons saß die sechsjährige Tochter der Dois, Anna, auf dem Plüschsofa. Sie sah fern, den Kopf mit den lockigen braunen Haaren nach vorne geschoben, umgeben von Kissen. Sie war vollkommen in einen Zeichentrickfilm vertieft, Bugs Bunny, Popeye, etwas in der Art. Aus dem Fernseher drangen die schrillen Stimmen der Synchronsprecher. Als Anna Tamás' Blick bemerkte, sah sie kurz zu ihm herüber, wandte aber gleich wieder den Blick ab.

Zsófia Doi bot ihm an, sich zu setzen. Tamás nahm in dem Sessel Platz, der am weitesten vom Fernsehapparat entfernt war, streckte sich behaglich, schloss die Augen und atmete tief ein. Der Geruch von Zsófia Dois Parfum lag in der Luft, der zarte, verführerische Duft des Wohlstands. Er lächelte. Er hatte sich immer schon pudelwohl gefühlt in den Villen der Reichen.

Zsófia Doi stellte zwei Tassen Kaffee auf den Beistelltisch, dazu Milch und Zucker. Sie setzte sich, die Beine zusammengepresst, leicht angewinkelt. Der blumige Rock war am Oberschenkel nach oben gerutscht.

Tamás sah ihr in die Augen. »Ich weiß nicht, wie ich es sagen soll. Ich bewundere Ihren Mann sehr, er macht Eindruck.«

Zsófia Doi goss Milch in den Kaffee und rührte ihn mit dem Löffel um. Sie lächelte uneindeutig. Eine Haarsträhne war ihr ins Gesicht gefallen. Sie strich sie mit der flachen Hand zurück. »Gibt es einen Grund dafür?«

»Ich kenne seine Vorgeschichte nicht. Aber Ihr Mann scheint eine beachtliche Karriere hingelegt zu haben.«

Tamás nahm einen vorsichtigen Schluck von dem Kaffee. Es war kein Instant-Kaffee, sondern beste italienische Röstung. Er nickte anerkennend.

Zsófia Doi lehnte sich zurück. Sie lockerte einen Schuh und ließ ihn lose in der Luft hängen. Sie hatte eine schmale, kompakte Ferse, der perfekte Abschluss für ein perfektes Bein.

Tamás wollte es anders versuchen: »Wie lange wohnen Sie schon hier?«

»In Buda? Zwei Jahre vielleicht.«

»Und vorher?«

»In Ferencváros. Am Bakáts tér.«

Tamás dachte einen Moment nach und blickte wieder aus dem Fenster. Auf dem Rasen schritten ein paar große, pechschwarze Raben auf und ab. Sie waren auf der Suche nach Würmern und Käfern, im Erdreich verborgen unter dem saftigen Grün. Dann erinnerte er sich wieder. »Zwischen Ráday utca und Ferenc körút? In der Nähe der Petöfi-Brücke?«

Sie nickte.

»Eine hübsche Gegend, gepflegt, ehrlich. Aber nicht mit hier zu vergleichen, wenn Sie mich fragen.«

»Das ist vermutlich Geschmackssache. Dort ist es auf jeden Fall städtischer.«

Tamás betrachtete ihr Gesicht: die schmalen, kräftig nachgezogenen Augenbrauen, die unauffällige Nase, die Art, wie sie spöttisch den überschminkten Mund nach vorne zog. Es war kaum zu bemerken, aber er hatte einen Nerv getroffen. Er würde sie, wenn er wollte, leicht aus der Reserve locken können – zumindest dachte er das. Also nahm er einen Keks, biss hinein und sagte mit leichter Süffisanz in der Stimme: »Vom Bakáts tér zum Zugliget, das ist ein rasanter Aufstieg – und all das in so kurzer Zeit.«

Nun verzog sie den Mund. Es war nur eine kleine Bewegung. Ausdruckslos sagte sie mit unerschütterlicher Höflichkeit: »Sie sind doch Amerikaner! Glauben Sie nicht, dass ein hart arbeitender Mann das Recht auf Erfolg hat?«

Tamás antwortete nicht. Er wusste, dass Zsófia Doi nicht an das glaubte, was sie sagte. Ihr Mund war noch immer leicht verkniffen. Sie wusste, dass Tamás wusste, dass selbst ein Anwalt, der gut im Geschäft war, in so kurzer Zeit keine so großen Sprünge machen konnte.

Zsófia Doi ließ sich nicht beeindrucken. Im Gegenteil. Sie lächelte und sah ihn offen an. Dann sagte sie: »Immerhin können wir uns, anders als andere Familien, einen Mann wie Sie leisten. Das ist doch ein wohlverdienter Luxus, finden Sie nicht auch?«

Tamás klopfte mit der Hand versöhnlich auf die Lehne des Sessels. Er dachte einen Moment nach. »Ich meinte etwas anderes: Dass es schön für Ihre Tochter ist, so aufzuwachsen, in einem großen Haus, mit Garten. Wer wünscht sich das nicht?« Er nahm noch einen Keks, es waren die Háztartási-Kekse von Győri, man bekam sie in jedem Supermarkt. Sie waren nicht schlecht, aber auch kein wirklicher Ersatz für ein gutes, solides Frühstück.

Zsófia Doi blickte aus dem Fenster. Sie schien ihren Gedanken nachzuhängen und gab ihm keine Antwort.

Tamás beobachtete sie, nahm dann einen neuen Anlauf. »Ich möchte Sie gerne etwas anderes fragen.«

Zsófia Doi wandte sich ihm zu. Es fiel Tamás schwer, irgendetwas aus diesem schönen, wenn auch nichtssagenden und übertrieben geschminkten Gesicht zu lesen.

»Wo haben Sie und Ihr Mann sich kennengelernt?«

Zsófia Doi sah ihn amüsiert an, überlegte kurz und sagte dann ruhig: »An der Universität, hier in Budapest.«

»Sind Sie auch Anwältin?«

»Ich habe Jura studiert – aber nie in auf diesem Gebiet gearbeitet.« Sie wies mit dem Kopf in Richtung Anna und zuckte mit den Schultern. »Sie wissen doch: Man muss Prioritäten setzen im Leben. Vielleicht sollten Sie sich auch einmal Gedanken darüber machen. Ich und meine Tochter vertrauen auf Sie.«

Tamás nickte und lächelte. Dann nahm er einen letzten Schluck von dem fast kalten Kaffee und stellte die leere Tasse auf den Beistelltisch.

6

Tamás vertrat sich draußen vor dem Haus die Beine. Fledermäuse jagten in der Dämmerung Insekten, von oberhalb des Berges war Hundegebell zu hören. Dann hielt ein roter Sportwagen vor dem zweiflügeligen Tor. Das Tor öffnete und schloss sich wieder automatisch hinter dem Wagen – es war ein roter BMW, nicht mehr ganz neu, aber bestens gepflegt. Béla Doi parkte vor der Haustür. Er stieg aus und begrüßte Tamás mit Handschlag. Nachdem er die Aktentasche im Arbeitszimmer abgesetzt hatte, gingen sie gemeinsam ins Wohnzimmer. Auf dem Tisch standen bereits die Teller, darauf Nudeln mit ausgelassenen Speckwürfeln und Quark, ein Gericht, pragmatisch wie schnell, die Leibspeise des arbeitenden Ungarn.

Sie setzten sich zu Zsófia Doi und Anna, aber mehr als höfliche Floskeln kamen in dem Gespräch am Tisch nicht zustande. Zsófia Doi war zurückhaltend und abwartend. Anna saß schweigend daneben, die Augen auf den Teller gerichtet. Béla Doi stand noch einmal auf, zog sich erst jetzt die Anzugjacke aus, entledigte sich der Krawatte und krempelte die Ärmel seines lachsfarbenen Hemds hoch. Er wirkte noch immer müde, unter seinen wachen, getriebenen Augen lag ein tiefschwarzer Schatten.

Tamás nahm noch einen kleinen Nachschlag. Er sah keinen Grund, das Gespräch an sich zu ziehen. Er aß, wartete ab und beobachtete die anderen. Es war offensichtlich, dass Béla Doi unter Druck stand und sich erst einmal sammeln musste. Er stocherte lustlos und abwesend in dem Nudelgericht herum. Sein Blick fiel immer wieder auf die gefaltete Tageszeitung am Ende des Tischs. Es war eine Ausgabe der Magyar Nemzet, einer der größten konservativen Tageszeitungen des Landes. Tamás hatte den Artikel bereits am Nachmittag gelesen. Auf der Titelseite war Dániel Korvin zu sehen, eine kleine, hagere Gestalt, dessen rundes Gesicht nicht zum Rest des Körpers passen wollte. Der Ministerpräsident hatte gestern eine Rede vor dem Parlament gehalten. Es war, wie so oft in letzter Zeit, um den EU-Beitritt gegangen und alles, was damit zusammenhing: Korruptionsbekämpfung, Justiz- und Wirtschaftsreformen, Sicherheitsthemen, Zollfragen. Das ganze Land blickte seit Monaten auf den möglichen Beitrittsprozess, auch wenn jeder, Tamás inklusive, sich fragte, wie viel die Politiker – und allen voran Dániel Korvin – für sich selbst herausschlagen würden.

Nach dem Essen folgte Tamás seinem Auftraggeber mit ins Büro. Es war, anders als die anderen Räume in der Villa, zweckdienlich und funktional eingerichtet, mit schwarzen Schwingstühlen, Bücherregalen bis zur Decke, vollgestopft mit Gesetzestexten und juristischen Fachbüchern, auch in Englisch und Deutsch. An der Wand hing ein großer, wahrscheinlich nicht ganz billiger Original-Miró-Nachdruck. Nur der wuchtige alte Schreibtisch neben dem Fenster strahlte Wärme oder zumindest eine hölzerne Ruhe aus.

Béla Doi mischte ihnen an der Minibar zwei Whiskey-Soda, öffnete dann das Fenster und nahm im Stehen einen langen, beinahe gierigen Schluck. Dann folgte ein tiefer Seufzer. Er blickte nach draußen auf die Bäume und hohen Sträucher. Die Dämmerung war noch nicht in Nacht übergegangen. »Sehen Sie das Haus dort drüben?«

Tamás konnte von seinem Sitzplatz aus nichts erkennen. Also stand er auf, das Glas Whiskey-Soda in der Hand, und stellte sich zu Béla Doi ans Fenster. Er zündete sich eine Lucky Strike an. Auf dem Weg zum Haus hatte er durch das Gestrüpp bereits das Nachbargrundstück gesehen, den verwilderten Garten, jetzt in der anbrechenden Dunkelheit war er wie in Tinte getaucht, in der Mitte ein wuchtiger, von Schmutz und Flechten dunkel verfärbter Brunnen mit gebrochenem Becken, dahinter die Villa, viel größer als die der Dois. Drei Stockwerke, schlank, in der Form elegant, auch wenn überall der Putz abbröckelte, dazu eine große verfallene Freitreppe. Das Zinndach war vermoost, die Fensterscheiben zerbrochen, die Innenräume dahinter schwarz. Es war ein alter, verlassener, trostloser Ort.

»Märchenhaft, nicht wahr?«

Tamás nickte höflich.

»Das Haus steht seit 1963 leer. Wissen Sie, wer früher dort gewohnt hat?«

Tamás wusste es nicht.

»Antal Kónai. Sagt Ihnen der Name etwas? Es war eine einflussreiche Familie. Kónai stand beim Ungarnaufstand 1956 auf der – zumindest für ihn – falschen Seite. Er wurde 1963 verurteilt und mit ihm seine Familie. Das Haus wurde zwangsenteignet. Seitdem modert es vor sich hin.«

Tamás sah weiter auf die verfallende Villa. Sie musste früher in der Tat hochherrschaftlich gewesen sein.

»Vom ersten Tag an wollte ich das Grundstück kaufen. Ich hatte alles vorbereitet. Ein findiger Geschäftsmann kann gutes Geld mit solchen Häusern verdienen. Die Botschaften und ausländische Firmen zahlen beachtliche Summen.«

»Ich habe davon gehört.«

Béla Doi dachte einen Moment nach. »Doch manchmal kommt man den falschen Leuten in die Quere.«

»Ich dachte, Sie arbeiten für eine mächtige Organisation?«

»Ach was, die Villa ist nicht das Problem«, wich Béla Doi aus und lächelte gequält. »Niemand interessiert sich dafür. Die Lösung wäre zu schön gewesen. Aber Sie wissen ja: Die Lösung ist niemals einfach.«

Tamás sah ihn an und wartete, wenn auch nur mäßig interessiert, auf die Pointe. Es dauerte, bis Béla Doi, der noch immer am Fenster stand – trinkend, nun schweigend – wieder zu reden begann.

»Eine Lösung ist niemals einfach«, wiederholte er, »aber das muss nicht Ihre Sorge sein.« Er stopfte sich das Hemd zurecht. Es war seitlich aus der Hose gerutscht. »Es geht nicht um diese Villa da drüben. Was im Moment zählt, ist der Ort, an dem meine Familie im Fall aller Fälle sicher ist.«

Tamás nickte.

»Er liegt in Hortobágy. In der Erdei Ferenc ut, Hausnummer 13. Es ist ein ehemaliger Bauernhof. Den Schlüssel hat der Nachbar, Gabor Nagy, ein alter Schulfreund. Sie können ihm vertrauen.« Er betrachtete das Glas in seiner Hand, in dem der Whiskey langsam warm wurde. »Aber tun Sie eins: Warten Sie ab, mindestens 48 Stunden, besser 72 Stunden. Lassen Sie den Staub absinken, seien Sie sorgfältig und vorsichtig. Sorgen Sie dafür, dass Ihnen niemand folgt. Gabor Nagy zahlt Ihnen auch das restliche Geld, wenn ich es nicht kann. Merken Sie sich einfach die Adresse und fahren Sie dorthin, wenn es soweit ist. Hortobágy. Erdei Ferenc ut.«

»Woher weiß ich, wenn es soweit ist? Der ›Fall aller Fälle‹, das ist ein dehnbarer Begriff.«

Béla Doi gab ihm keine Antwort.

»Also Hortobágy.« Tamás fuhr sich mit Daumen und Zeigefinger über den dichten Schnurrbart. Hortobágy, das war der Traum der Provinz – Schafherden, endlose Wiesen, weiter Himmel, einfache, ehrliche Leute, Ziehbrunnen. Da hatte Béla Doi sich einen hübschen Unterschlupf ausgesucht – mitten im Nationalpark. Tamás sagte: »Sie klingen nicht sehr optimistisch.«

Béla Doi lachte auf. Es war ein dunkles, zynisches Lachen.

Tamás bemerkte, wie Béla Dois schmale Hände zitterten, obwohl er sich nach außen unter Kontrolle hatte. Wahrscheinlich hatte er seit Tagen nicht mehr geschlafen. Auf dem Schreibtisch lag eine Packung mit Koffeintabletten. Und der Whiskey machte es nicht besser.

»Herr Livermore, Hortobágy ist nur der doppelte Boden. Ich denke aber, ich kann das Problem lösen.«

»Sie kennen das Problem?« Tamás lächelte aufmunternd.

»Ich kenne es nicht, aber manchmal muss man das Problem nicht kennen, um es zu lösen.«

»Und Sie wollen mich nicht einweihen?«

Béla Doi, den Kopf noch immer Richtung Dunkelheit gedreht, strich sich die stacheligen Haare mit der Handfläche zurück. »Merken Sie sich nur eines: Egal wer, egal wo, mein alter Freund Gabor Nagy ist der einzige, dem Sie Zsófia und Anna anvertrauen können. Der Rest ist eine Schlangengrube. Budapest, das ganze gottverdammte Land, alles ist eine einzige Schlangengrube.«

Tamás zündete sich eine neue Lucky Strike an. Die Nacht hatte sich mittlerweile über die Berge von Buda gelegt. Béla Doi schloss das Fenster. Es war kalt geworden. Dann holte er die Flasche Maker's Mark aus dem Regal und schenkte ihnen nochmal nach. Egal was kam, am Ende konnten sie sich immer noch auf den Alkohol verlassen.

7

Tief in der Nacht wachte Tamás auf. Er brauchte einen Moment, bis er wieder wusste, wo er sich befand – im Gästezimmer der Doi'schen Villa. Die Lampe auf der Terrasse vor dem Wintergarten warf ein schummriges, warmes Licht in den Raum. Tamás hielt für einige Sekunden den Atem an. Er glaubte von einem Geräusch aufgewacht zu sein. Erst hörte er nichts, dann das leise Rauschen eines Rohrs irgendwo in den Tiefen des Hauses. Draußen fegte eine Windböe durch die mächtigen, alten Kastanien in der Auffahrt. Danach lag das Haus wieder still da, friedlich, ein wenig rätselhaft.

Tamás stand auf und machte in Boxer-Shorts und T-Shirt die Runde. Salon, Foyer, Flur, Küche, Arbeitszimmer, Spielzimmer, aber er nahm nichts Auffälliges wahr. Die Dois schliefen oben, im ersten Stock. Tamás sah auf die Uhr. Es war kurz nach Drei, noch mehr als dreieinhalb Stunden bis Sonnenaufgang.

Er nahm ein Bier aus dem Kühlschrank. Dann öffnete er das Fenster und zündete sich eine Zigarette an. Auch auf dieser Seite raschelte der Wind in den Bäumen und Hecken. In der Ruine auf dem Nachbargrundstück flackerte ein Feuer. Wahrscheinlich Landstreicher. Er hörte aber weder Stimmen noch andere Geräusche.

Als Tamás die Zigarette ausgeraucht hatte und sich wieder schlafen legen wollte, blieb er instinktiv vor der Tür zu Béla Dois Arbeitszimmer stehen. Der Gedanke, sich einmal dort umzusehen, reizte ihn. Normalerweise durchstöberte er nicht die Sachen anderer Leute, allein der Gedanke missfiel ihm, aber Wissen war in seinem Job Gold wert – gerade in einem Fall wie diesem. Also gab er seinem Instinkt nach, schlüpfte in das Arbeitszimmer und schloss lautlos die Tür hinter sich.

Tamás hatte keine Zeit, systematisch nach etwas zu suchen. Er verließ sich auf den Zufall und tastete in dem Halbdunkel einfach alles ab, was typische Verstecke hätten sein können: Ecken, Vorsprünge, Hohlräume, Innenseiten. Vielleicht gab es einen Hinweis auf das, was Béla Doi dazu gezwungen hatte, zum Schutz seiner Familie einen Privatdetektiv anzuheuern. Er fand zunächst nichts – nichts in den Regalen, nichts hinter den Bildern oder unter dem Teppich. Nichts, das sich unter der gut aufgeräumten Oberfläche des Zimmers verbarg. Es blieb nur noch der Schreibtisch übrig.

Tamás zog die erste Schublade heraus, bemüht, keinen Lärm zu machen. Das Holz knarzte nur leise. Er tastete die Rückseite ab – nichts. Dann zog er die zweite Schublade heraus und die dritte – wieder nichts. Erst bei der vierten ertastete er auf der Rückseite etwas Kühles: Hochglanzpapier, mit Klebestreifen am Holz der Schublade befestigt. Langsam löste er das Papier und fischte es mit zwei Fingern hervor, dann ging er ans Fenster. Die Lampe an der Außenwand des Hauses warf nur ein schwaches Licht in den Raum, aber es reichte, um zu entziffern, was auf dem zusammengefalteten Papier stand: »Umgebungsplan von Budapest und Komitat Pest«. Tamás öffnete die Karte und legte sie auf den Tisch.

In der Mitte befand sich Budapest inklusive der Randbezirke, eingerahmt von einer dünnen roten Linie. Rund um die

Hauptstadt erstreckte sich das Komitat Pest. Im Westen reichte es bis nach Herceghalom – einem kleinen Dorf an der Autobahn Richtung Tatabánya und Györ –, im Norden bis zum Nagy-Hideg-Berg an der Grenze zur Slowakei, im Osten bis nach Tura – einem landwirtschaftlichen Zentrum – und im Süden und Südosten bis nach Örkény und über den verschlafenen Kurort Cegléd hinaus. An den Rändern der Karte, dort, wo die Autobahnen und Landstraßen endeten, waren die Zielländer der Routen markiert: Österreich, die Slowakei, Rumänien, die Ukraine, Serbien, Kroatien und Slowenien.

Tamás hielt kurz inne. Er horchte wieder in die Stille des Hauses hinein, aber wieder war es nur ein Rauschen der Rohre, das ihn aufgeschreckt hatte. Er hielt die Karte gegen das Licht. In dem abstrakten Knäuel der Straßen und Landmarkierungen befanden sich mehrere Kreuze. Irgendjemand, wahrscheinlich Béla Doi, hatte sie fein säuberlich mit dem Kugelschreiber eingetragen. Die meisten Kreuze befanden sich im Norden und Osten, in den Bezirken Dunakeszki, Váci und Gödöllö – in dem halb vorstädtischen, halb ländlichen Gewirr zwischen der Donau, die hier eine große Schleife machte, und der M2, die in Vác endete. Von dort ging es nur noch auf staubigen Landstraßen weiter Richtung Slowakei.

Es war Tamás nicht möglich, sich jeden Ort zu merken, der auf der Karte mit einem Kreuz markiert war. Aber er prägte sich einige der Adressen ein, die nah genug beieinander lagen, um sie mit dem Auto an einem Nachmittag abzuklappern. Sie lagen die Donau entlang in den Ortschaften Revdülö, Szödliget und Kisvác, und, etwas weiter entfernt, jenseits der M2, am Gyadai-rét. Tamás wollte nur zu gerne wissen, was sich hinter diesen Kreuzen verbarg. Es musste einen Grund geben, warum Béla Doi die Karte vor neugierigen Augen versteckte. Die Gegend im Norden und Osten war ihm ohnehin ein Rätsel. Es gab dort ein wenig

Industrie, viele Wohngebiete und Richtung Gödöllo mit seinem Schloss etwas Tourismus.

Was aber Béla Doi mit der Gegend verband, konnte er unmöglich aus dieser Übersichtskarte ablesen. Soweit er wusste, gab es an den markierten Orten keine größeren Projekte, keine Industrieparks oder Stadtviertel, die Investoren und Stadtverwaltung gerade aus dem Boden stampften. Die Großprojekte, von denen Tamás gehört und über die er gelesen hatte, entstanden fast alle im Süden und Südwesten der Stadt.

Tamás faltete die Karte zusammen und befestigte sie wieder an der Rückseite der Schublade. Dann verließ er das Arbeitszimmer, schloss lautlos die Tür und horchte. Es war totenstill.

Tamás hatte nicht den leisesten Schimmer, was diese Karte bedeutete oder ob sie überhaupt etwas zu bedeuten hatte. Aber immerhin, es war besser als nichts. Vielleicht war die Information, die sich darin versteckte, sogar wichtiger als er es sich vorstellen konnte.

8

Am Morgen waren die Dois früh auf den Beinen. Béla Doi wirkte entspannter als am Abend zuvor. Er scherzte und lachte – zumindest ein bisschen. Seine Augen wirkten noch immer müde, aber nicht mehr so gequält, und die Muskeln um den Mund weniger verkrampft. Er war frisch rasiert und hatte den Bart fein säuberlich gestutzt.

Beim Frühstück beschlossen Zsófia und Anna ins Gellért-Bad zu gehen. Tamás sollte sie begleiten, er hatte nichts dagegen. Von der Stimmung getragen, schlug Béla Doi vor, am Abend im Művész-Kino *Toy Story* anzusehen, der gerade angelaufen war. Obwohl Tamás genauso wie Zsófia Doi und Anna das Kino kannten, ließ es sich Béla Doi nicht nehmen, ihnen noch einmal den Weg dorthin zu erklären: Das Kino lag nicht weit von der Andrássy út entfernt, an der Teréz körút auf halber Strecke zwischen Oktogon und dem Bahnhof Nyugati pu. Béla Doi war gut aufgelegt, vielleicht ein bisschen aufgekratzt, aber nicht übermütig. Ob diese Stimmung echt war oder er sich etwas vormachte, davon hatte Tamás weniger Ahnung als Zsófia Doi.

Um 8 Uhr verabschiedete sich Béla Doi. Der rote BMW, mit spitzer Schnauze und Klappscheinwerfern, war auch bei Tageslicht ein ansehnliches Gefährt. Ein Pieps und die Verriegelung öffnete sich. Der Wagen passte zu Béla Doi. Ein wenig aufschneiderisch, ein wenig seriös – die Wahrheit lag irgendwo dazwischen.

Tamás und Zsófia Doi standen auf dem Treppenabsatz zur Haustür. Béla Doi stieg in den Wagen, raffte den teuren Trenchcoat über den Knien zusammen und winkte ihnen kurz zu. Der Motor startete und die Jazzmusik aus dem Autoradio entfernte sich. Tamás, die Arme vor der Brust verschränkt, blickte dem Auto nach und überlegte, was er als Nächstes tun sollte. Zsófia Doi ging zurück ins Haus.

Tamás setzte sich auf die Stufen vor dem Haus und zündete eine Zigarette an. Jetzt István anzurufen, damit dieser für ihn einsprang, war zu kurzfristig. Er wollte Béla Doi nicht vor den Kopf stoßen. Aber für den morgigen Tag konnte er mit einem kurzen Telefonat alles fix machen – das würde ihm Zeit geben, den Kreuzen auf der Umgebungskarte nachzuspüren, vorausgesetzt, dass István ihm seinen Wagen für einen Nachmittag überließ. Also ging Tamás zurück in den Salon und telefonierte mit István.

István war einverstanden, Tamás am nächsten Tag von einem seiner Jungs, Attila, ablösen zu lassen. Tamás kannte Attila. Für den Deal sollte Tamás eine Gefahrenzulage von 50 000 Forint zahlen. Die Rechnung war einfach: So wie Béla Doi sich verhielt, hatte er entweder in die eigene Tasche gewirtschaftet oder sich mit den jungen Wilden aus dem Osten eingelassen, den Mafia-Clans, die aus Russland und der Ukraine nach Ungarn drängten. In beiden Fällen waren Geschäftsleute schon für kleinere Vergehen kaltgemacht worden.

István fasste es treffend zusammen: »Wie man es auch dreht und wendet, mein lieber Tamás, diese Konstellation macht die Sache für dich nicht billiger.«

Tamás hatte so oder so keine Wahl. Er musste Istváns Angebot annehmen.

Nach dem Mittagessen fuhren sie mit Zsófia Dois Fiat Tempra zum Gellért. Sie ließ den Wagen von einem Hotelbediensteten in die Tiefgarage des in die Jahre gekommenen Grand Hotels fahren. Dann gingen sie durch das Hotel hindurch zu dem vor allem in Buda beliebten Schwimmbad.

Tamás kaufte im Zeitschriftenladen neben dem Eingang eine blau-weiße Badehose und zwängte sich in den Umkleideraum der Männer, der wie immer überfüllt war. Dicke amerikanische Touristen mit wasserdichten Uhren schlangen die Handtücher eng um die fülligen Hüften. Braungebrannte Ungarn, die meisten Geschäftsleute, nicht wenige mit struppigen Haaren und zotteligen Bärten, trugen ihre Adiletten zur Schau. Familienväter zogen sich verstohlen in der Ecke um. Es war das übliche Publikum in dem großen, altehrwürdigen Schwimmbad.

Tamás' Badehose war zu eng. Aber das war nicht unbedingt ein Nachteil. Schlank, sehnig, muskulös, mit dichtem Schnurrbart und Haarnetz auf dem Kopf, schlenderte er durch den Warmwasserbereich. Die alten Männer im Becken ließen sich von den Wasserstrahlen aus den Löwenköpfen massieren und beachteten ihn nicht weiter. Aber die eine oder andere junge, auch manche nicht mehr ganz so junge Frau, besonders eine Wasserstoffblondine mit üppigen, aus dem Bikini quellenden Brüsten, sahen ihm hinterher. Er machte Eindruck.

Tamás suchte Zsófia Doi und Anna. Sie waren in der Frauenumkleide verschwunden, ohne einen Treffpunkt vereinbart zu haben. Er ging zum Planschbecken im Kellergewölbe. Dort rannten die Kinder mit ihren bunten Schwimmflügeln umher, auf der Wasseroberfläche schwammen Gummitiere und Schaumnudeln. Die beiden, die er suchte, waren nicht aufzufinden.

Er suchte weiter, ging durch die dampfenden Gänge mit den glasierten Kacheln, von Thermalbad zu Thermalbad, vorbei an der Sauna und der Krankenstation, wo gerade mehrere Rentner massiert und mit Schlamm eingerieben wurden. Wer es sich leisten konnte, konnte auch ein Säure-Basen-Bad nehmen oder sich eine Dauerwelle legen lassen.

Fündig wurde er schließlich in der Haupthalle. Zsófia Doi zog Anna gerade die Schwimmflügel an. Die studierte Anwältin sah in ihrem engen roten Bikini wie eine Badenixe aus dem TV aus – die Brüste kompakt, die Beine delikat und schlank, die Lippen noch immer rot geschminkt. Tamás nickte ihr zu und setzte sich auf einen der weißen Plastikstühle entlang der Wand. Von hier aus hatte er einen guten Blick über die Halle mit ihren opulenten Säulen und den blau-gelb gemusterten Mosaikböden. Ein Bademeister war weit und breit nicht zu sehen, dafür rund um das Schwimmbecken und in den Gängen schwerfällig durch die Gegend schlurfende Badegäste.

Während Zsófia Doi Anna zum Becken führte und dem Mädchen ins Wasser half, blieb Tamás auf dem Plastikstuhl sitzen. Er saß da, eingehüllt in warme Chlordämpfe, beobachtete die Umgebung und behielt seine Schützlinge im Auge. Es war ein Badetag wie jeder andere. Aber er hielt das Herumsitzen nicht lange aus. Nach wenigen Minuten stand er wieder auf, er war es gewohnt, sich zu bewegen. Er sah hinüber zum anderen Ende der Haupthalle. Zwischen zwei Marmorsäulen führte eine schmale Glastür nach draußen zur Außenanlage mit dem Wellenbad. Zsófia Doi und Anna waren mit sich selbst beschäftigt – und hier, in diesem Gewusel, musste er sich sowieso keine Sorgen um sie machen.

Draußen vor der Tür unterhielten sich drei Bademeister und rauchten billige ungarische Zigaretten. Tamás gesellte sich zu ihnen und schnorrte eine Zigarette. Durch das Türglas hatte er einen guten Blick nach drinnen auf das Schwimmbecken.

Für einen Oktobertag war es hier draußen ziemlich kalt. Die

Badegäste vor dem Warmwasserbecken waren in dicke Frotteehandtücher gewickelt oder trugen Bademäntel. Die Kinder im Wellenbecken schrien bei jeder Welle. Drinnen saß Zsófia Doi am Beckenrand, und Anna plantschte im Kinderbecken. Einer der Bademeister sprach über die Fermentierung ungarischer Tabake. Er sei früher, sagte er, Handelsvertreter der Zigarettenmarke »Fecske« gewesen – »der mit der Schwalbe«. Durch die Nachreifung erhalte der Tabak seinen außergewöhnlich guten Geschmack. Tamás sah schweigend durch den Rauch hindurch, konnte allerdings beim besten Willen nichts davon schmecken. Hinter dem Gellért hob sich der Gellért-Berg in den wolkigen Himmel. Auf der Spitze breitete die Freiheitsstatue ihre Arme weit aus, den Blick fest in Richtung Parlament gerichtet.

Die Bademeister fingen an, über das Spiel Ferencváros gegen Ùjpest zu diskutieren. Tamás hörte nicht zu. Er hatte sich nie sonderlich für Fußball interessiert. Abgesehen vom Boxen war Sport, egal ob draußen oder im TV, nicht seine Sache, und Mannschaftssport schon gar nicht.

Hinter ihnen öffnete sich ein weiteres Mal die Tür, diesmal war es kein Badegast, der eine Abkürzung zum Wellenbad suchte, sondern die Putzfrau, die aufgeregt rief: »Joshi, Joshi, komm rein.«

Der angesprochene Bademeister zuckte nur die Schultern und rauchte weiter seine Zigarette.

»Joshi, du musst schauen im Fernsehen.«

Joshi erbarmte sich. Er trat seine Zigarette aus und verschwand. Die anderen rauchten weiter. Das Gespräch über Fußball erschöpfte sich bald. Der Marathon und die Bombe waren das nächste Thema. Tamás setzte sich auf eine Stufe und lehnte sich an den kalten Marmor. Er befand sich hier in dem Teil des Schwimmbads, der im Krieg zerbombt worden war. Der nüchterne weiße Marmor aus den 1950er-Jahren und das großbürgerlich-ornamentale Mischmasch aus den 1910er-Jahren existierten nebeneinander – ohne so richtig in Verbindung zu treten.

Kurz darauf kam Joshi zurück. Er war kreidebleich. Mit zitternder, heiserer Stimme rief er ihnen von der halb geöffneten Glastür aus zu: »Es gab schon wieder einen Anschlag!«

Tamás war sofort hellwach. Er schob den Bademeister zur Seite und überblickte das Innere der Halle. Zsófia Doi und Anna waren noch da. Sie hielten sich am Beckenrand fest und redeten miteinander, mehr von Tochter zu Mutter als umgekehrt. Tamás wandte sich dem Bademeister zu und fragte: »Wo ist es passiert?«

»Irgendwo in der Innenstadt.«

»Verletzte?«

»Tote und Verletzte.«

Es war das erste Mal, dass es Tote bei einem Sprengstoffanschlag gegeben hatte. Es kam vor, dass Mafiosi mit Pistolen und halbautomatischen Sturmgewehren von Motorrädern, Autos oder Lastwagen aus erschossen wurden. Es wurde auch schon ein Lokalpolitiker mit Verbindungen zur Mafia auf offener Straße erstochen. Aber das hatte eine andere Qualität. Tote nach einer Explosion, vielleicht sogar unschuldige Opfer. Die Nachricht breitete sich auch unter den Badegästen schnell aus. Die Mafia, der Bastard der Dunkelheit, drängte an die Oberfläche. Die Zeit des Terrors hatte längst begonnen. Die Menschen hatten Angst, ihre Stadt zu verlieren.

»Gibt es drinnen einen Fernseher?«, fragte Tamás.

Joshi nickte. »Neben dem Massageraum.«

Tamás ging sogleich in die Haupthalle und über den Flur zum Massageraum. Dort drängten sich in einem engen Nebenraum die Masseurinnen und Bademeister um einen kleinen Fernsehapparat. Im Sender »m1« wurde live vom Anschlag berichtet. Die Explosion hatte sich vor ungefähr fünfzig Minuten ereignet. Die Angestellten des Schwimmbads tranken Kaffee aus Pappbechern und starrten gebannt auf den Bildschirm.

Tamás erkannte die Andrássy út. Auf dieser Höhe begann der alleeartige Teil der Straße. Am Toreingang eines Hauses stieg eine Rauchwolke auf. Polizeiwagen blockierten die Straße, hinter den Absperrstreifen warteten Krankenwagen, Feuerwehrmänner eilten durch das Bild. Staub und Rauch wurden über die Straße geweht. Die Reporterin, eine Blondine, beugte sich nach vorne und berichtete hustend, dass der Anschlag am Eingangstor einer Anwaltskanzlei erfolgt sei. Das hatte auch Tamás schon gesehen. Es wurde durch den Nachrichtenticker in Endlosschleife bestätigt: ›Bombenanschlag in der Andrássy út. Mehrere Tote und Verletzte‹. Ein Fahrzeug brannte direkt in der Toreinfahrt, auch mehrere, auf der Straße geparkte Autos waren in Flammen aufgegangen. Der Tatort wurde weiträumig abgeriegelt. Die Spurensicherung traf ein, auch der Leichenwagen. Die Polizei hatte noch keine Pressemitteilung rausgegeben, als Ministerpräsident Dániel Korvin bereits den Notstand ausrief.

Tamás sah gebannt auf den Bildschirm. Er spürte, wie sich ihm die Kehle zusammenzog. Der Wagen in der Toreinfahrt – mittlerweile fast vollständig ausgebrannt – war ein roter BMW, Béla Dois BMW. Er wusste, dass er Zsófia Doi und Anna sofort aus dem Schwimmbad herausholen musste, trotzdem konnte er sich nicht gleich von den Bildern lösen, die über den Bildschirm flimmerten.

Die Polizei war gerade dabei, die Journalisten samt Kamerawagen vom Tatort zu entfernen. Die Kamera, ziellos, fing die Allee ein und dann verwackelt noch den Heldenplatz. Zwischen den Rauchschwaden, kaum zu erkennen, reihten sich die Statuen von István, László und Könyves Kálmán aneinander. Die Geschichte hatte sie wieder eingeholt. Die Geschichte hatte ganz Ungarn eingeholt.

9

Béla Doi war nicht sofort tot. Als die Bombe explodierte, fuhr er gerade mit seinem roten BMW durch die Toreinfahrt. Sein Beifahrer, Mihály Farkas, wurde auf die Straße geschleudert. Das Leben des Partners der Kanzlei hing noch immer am seidenen Faden. Béla Doi hingegen war noch am Unglücksort gestorben, wenige Minuten nach dem Anschlag. Vier weitere Personen überlebten – der Hausmeister, der gerade das Tor geöffnet hatte, eine Touristin aus England, ein Rentner, der auf einer Parkbank gesessen hatte, und ein Taxifahrer.

Zsófia Doi, Anna und Tamás verbrachten den späten Nachmittag auf der Polizeistation in der Aradi út, nicht weit vom Nyugati pu und dem Ort des Anschlags entfernt. Auf der Polizeistation war Land unter. Aus ganz Ungarn hatten die Behörden Polizeibeamte nach Budapest beordert, die nun nach und nach eintrafen. Egal aus welcher Gegend sie kamen, ihre Uniformen waren klassisch dunkelblau, sie trugen dieselben schwarzen Handfeuerwaffen und Maschinenpistolen, nur ihre Mützen unterschieden sich, die Farben und Formen variierten je nach Region. Die Polizeibeamten gingen ein und aus. Alles an ihnen, zumindest an den einfachen Polizisten, wirkte hektisch, aufgeregt. Aber niemand von den Vorgesetzten schien zu wissen, wie man sie geschickt einsetzen konnte. Von oben, vom Minister oder dem Polizeipräsidenten, gab es keine Direktive.

Gegen 15 Uhr wurde Zsófia Doi abgeholt. Eine Polizeibeamtin fuhr sie zur Pathologie, wo sie ihren Mann identifizieren sollte. Tamás blieb bei Anna. Das Mädchen war leichenblass und apathisch, sie redete kaum. Als sie die Polizisten im Flur über den Anschlag reden hörte, stockte ihr der Atem, sie weinte aber nicht. Tamás streichelte beruhigend ihre Schulter, auch wenn er nicht so recht wusste, wie er mit dem Kind umgehen sollte.

Zsófia Doi verlor, als sie zurückgekehrt war, kein Wort über das, was sie in der Pathologie gesehen hatte. Ihr Gesicht zeigte keine Regung, die Haare waren zu einem strengen Pferdeschwanz zurückgebunden. Aber Tamás war klar, dass es unter der Oberfläche brodelte. Doch sie zeigte Haltung. Ob sie es für sich oder die Tochter tat, wusste Tamás nicht. Aber es machte auch keinen Unterschied.

Am frühen Abend versuchte der zuständige Kommissar, sie zu vernehmen. Er hieß József Molnár. Der dicke Szekler mochte Mitte vierzig oder Mitte sechzig sein, so sehr hatte der Alkohol ihn gezeichnet. Der Kommissar holte zuerst Zsófia Doi zu sich, aber nach zehn Minuten war sie schon wieder draußen. Tamás war klar, dass sie noch immer unter Schock stand und nicht vernehmungsfähig war. Kurz darauf holte der Kommissar ihn zu sich.

Tamás setzte sich auf den alten, knarzenden Holzstuhl gegenüber dem Schreibtisch. Alles in dem Raum war karg und ärmlich – die wurmzerfressene Tischplatte, auf der sich die Akten und Papiere stapelten, die einfachen Regale aus Metall. An der Decke zeichnete sich ein alter Wasserschaden ab. Es roch muffig.

Der Kommissar fragte dieses und jenes, das meiste über den Ablauf des Tages. Aber Tamás blieb einsilbig, er sagte nur, was er sagen musste. Er vertraute der Polizei nicht – wer in Budapest, genauso wie im Rest Ungarns, auch nur ein bisschen Ahnung vom Innenleben der Behörden hatte, machte einen großen Bogen um die Polizei. Nach zwanzig Minuten entließ der Kommissar schwer seufzend auch Tamás.

Es war bereits früher Abend. Der Feierabendverkehr füllte die Straßen. Die Donau floss träge und schwer dahin. Auf der Margaretenbrücke tummelte sich eine Gruppe japanischer Touristen, sie versuchten beim letzten Licht des Tages noch Fotos zu machen. Tamás, Zsófia Doi und Anna beachteten sie nicht, genauso wie sie den Rest der Stadt nicht beachteten. Tamás beobachtete Zsófia, wie sie den Wagen mechanisch lenkte, wie auf Autopilot geschaltet. Er überlegte, ob er sie ansprechen und etwas sagen sollte, entschied sich aber dagegen. In einem Moment wie diesem gab es nichts – weder Worte noch Gesten –, das einen Unterschied gemacht hätte.

Zsófia Doi stellte den Wagen oben an der Özike út ab. Das Haus war in Dunkelheit getaucht. Nur die Laternen entlang der Auffahrt warfen spärliche Lichtkegel auf den Boden. Tamás hörte den Wind und das Rascheln in den Baumkronen, als sie die Stufen zum Eingang der Villa hinuntergingen. Anna lief voraus, sie sah es als erste. Die Haustür stand sperrangelweit offen. Der Treppenabsatz war mit Holzsplittern übersät.

Tamás signalisierte Zsófia Doi, mit Anna zurückzubleiben.

Er ging durch die offene Eingangstür, den Körper angespannt, bereit loszuschlagen. Er wartete noch einen Moment, vollkommen regungslos. Dann schaltete er das Licht im Flur an.

Was er sah, war ein Schlachtfeld – im Foyer, im Wohnzimmer, überall im Haus. Die Einbrecher hatten mehr als gründliche Arbeit geleistet. Die Kommode mit einer Axt gespalten, die Regale umgekippt, Stühle, Bücher, Videokassetten, Kisten, Spielzeug, zerbrochene Vasen, selbst die Kleider und Schuhe der Dois mitsamt Unterwäsche lagen zerstreut auf dem Boden.

Inmitten dieses heillosen Durcheinanders lag die Bulldogge in einer Blutlache – der Bauch aufgeschlitzt, der Kopf abgehackt. Die Zunge hing schlaff heraus. Tamás sah das offene Rückgrat des Tiers. Es schimmerte unwirklich zwischen den Muskeln und Sehnen. Er vergaß, Zsófia Doi zu warnen. Sie trat mit Anna an der Hand neben ihn. Beide starrten auf die tote Bulldogge, auch Anna blieb stumm. Nach diesem Tag konnte Zsófia Doi nichts mehr empfinden, nicht einmal mehr Mitleid mit dem Hund. Anna setzte sich auf den Treppenaufgang. Zsófia kniete sich neben sie und legte tröstend eine Hand auf ihren Hinterkopf.

Tamás ging in Béla Dois Arbeitszimmer. Er nahm den Hörer ab, wählte die Nummer des Polizeipräsidiums und ließ sich zu Kommissar Molnár durchstellen. Sie verloren nicht viele Worte. Dann nahm Tamás den halb geleerten Maker's Mark vom Vortag aus der Minibar und schenkte sich ein Glas ein. Bis die Polizei kam, hatte er Zeit.

Er richtete den schwarzen Ledersessel auf, setzte sich und überblickte den Raum. Es war ein einziges Chaos. Auf dem Boden lagen Bücher, Dokumente und Notizzettel verstreut, die Karte war auch auf den zweiten Blick nicht darunter. Die Einbrecher hatten sich wirklich alle Mühe gegeben, sie hatten keinen Stein auf dem anderen gelassen. Tamás untersuchte zuerst die unterste Schublade des Schreibtischs, dann sah er sich auch die Vorder- und Rückseiten der übrigen Schubladen an. Es gab keinen Zweifel: Die Karte war verschwunden.

Nach einer halben Stunde traf die Polizei in Mannschaftsstärke ein. Heulende Sirenen und durch die Nacht rollendes Blaulicht überfluteten die ruhigen Hügel von Buda.

Kommissar Molnár trat staatsmännisch auf. Er trug einen Trenchcoat, noch immer dieselbe grobe, von Fettfingern glänzende Krawatte, dazu einen schwarzen Hut mit breiter Krempe. Er hatte auch vorher schon aus der Zeit gefallen gewirkt, wie ein

Relikt aus den 1960ern. Aber hier, in der eleganten, vornehmen Umgebung von Buda, wirkte er noch provinzieller als zuvor.

Tamás rätselte, warum ausgerechnet ein Szekler mit dem Geruch der Provinz auf diesen Fall angesetzt worden war. Wollte die Regierung der Öffentlichkeit zeigen, dass sie nicht den Glattesten oder Korruptesten, sondern den Fähigsten zum Leiter der Ermittlungen berief? Oder nahm sie einen Außenseiter? Jemanden, der sich besser bremsen ließ, der den Fallstricken der Hauptstadt nicht gewachsen war? Er würde es früh genug wissen.

Der Kommissar inspizierte die verwüsteten Räume. Er wirkte, als trüge er die gesamte Last des Staates auf seinen Schultern, als blickte ganz Ungarn auf ihn. Trotzdem blieb er ruhig und in sich gekehrt. Er machte stoisch Notizen in einem kleinen zerfledderten Vokabelheft. Er sorgte dafür, dass sich eine Polizistin um Anna kümmerte und sich mit dem Kind in ein Nebenzimmer begab.

Dann nahm sich der Kommissar Zsófia Doi vor. Fehlten Wertgegenstände? Waren Dokumente gestohlen worden? Wem gehörte die Axt? Kommissar Molnár ging systematisch vor. Er wollte offensichtlich keinen Fehler machen.

Tamás blieb die ganze Zeit über auf dem Sessel sitzen. Er beobachtete und schwieg. Der Kommissar beachtete ihn sowieso nicht. Er war nur ein Statist in diesem Spiel.

Bevor Kommissar Molnár, mit dem Hut in der Hand, die Befragung recht förmlich beendete, hörte Tamás ihn zu Zsófia Doi sagen: »Ist Ihnen bewusst, was all das zu bedeuten hat?«

Zsófia Doi antwortete nicht. Sie starrte gedankenverloren auf den geköpften, noch immer im Foyer liegenden Hund. Er war umgeben von einer großen, unheimlich glänzenden Blutlache.

Kommissar Molnár räusperte sich. »Ich habe Ihnen schon erzählt, dass Ihr Mann zum Zeitpunkt des Anschlags nicht allein im Auto gesessen hat. Sie haben Mihály Farkas persönlich gekannt, nicht wahr?« Als Zsófia Doi noch immer schwieg, fuhr er fort. »Trotzdem gehen wir davon aus, dass der Anschlag Ihrem Mann gegolten hat. Der Einbruch passt in das Schema. Vermutlich sollte belastendes Material beseitigt werden. Sie hatten Glück, dass Sie nicht zuhause waren.«

Zsófia Doi antwortete noch immer nicht.

»Sie können trotzdem nicht hierbleiben. Wir werden das Haus gründlich durchsuchen und anschließend versiegeln.« Nach einer kurzen Pause fügte er hinzu: »Es tut mir leid. Aber wir können nicht anders vorgehen.«

Zsófia Doi nickte nur. Sie warf einen Blick durch die Tür zu Anna, neben ihr die Polizistin.

Der Kommissar fragte: »Wissen Sie, wohin Sie gehen können?«

Zsófia Doi hob resigniert die Schultern.

Tamás überlegte einen Moment, ob er sie bei einer alten Bekannten, Katalin, in Kerepesdűlő, am Stadtrand von Budapest, unterbringen sollte. Aber er entschied sich dagegen. Um Zeit zu gewinnen, holte er seine Visitenkarte aus der Lederjacke und drückte sie Kommissar Molnár in die dicke, schwielige Bauernhand. »Wenn Sie Frau Doi und Anna erreichen wollen, rufen Sie mich an.«

Auf der Visitenkarte waren nur zwei Dinge abgedruckt: Sein Name und die Telefonnummer. Die Adresse pflegte er handschriftlich nachzureichen – zumindest dann, wenn er den Menschen vertraute.

10

Zsófia Doi machte Augen, als sie den Eingang zu Tamás' Wohnblock sah. Der dunkle, von der Zeit verfärbte Beton war mit Graffitis beschmiert. Aufgeplatzte Mülltüten gammelten in einer Ecke vor sich hin. Im Treppenaufgang roch es nach angebratenen Zwiebeln und menschlichen Ausdünstungen. Der Boden war klebrig. Einen Hausmeister gab es seit 1991 nicht mehr. Die Goldmark Károly út und der Rest von Kissvábhegy lagen in Buda, aber es war nicht mehr das Buda der weiten Blicke und der guten Luft. Es war das versmogte und heruntergekommene Buda an den Ausläufern der Hügel, jener Teil, der bereits zur Innenstadt gehörte.

Zsófia Doi verzog keine Miene, als sie das Wohnbüro betraten. Anna sah sich neugierig um. Es war dunkel, eng und muffig. Tamás öffnete das Fenster. Der Raum war noch genauso unaufgeräumt wie er ihn verlassen hatte. Auf dem metallenen Schreibtisch lagen zerlesene Zeitschriften, mit Gummibändern zusammengehaltene Papierstapel und zerknüllte Zigarettenschachteln. Dazwischen standen mehrere Kaffeetassen und zwei Gläser. Der Aschenbecher war bis zum Rand voll, es roch nach alten, abgestandenen Zigarettenkippen. Auf dem Sofa lagen eine Jeans und zwei Hemden, die er nicht eingepackt hatte. Tamás sah, wie Anna ungläubig von der kleinen Küche zum abgewohnten Bad ging, das in die Jahre gekommen war wie alle Bäder in der Innenstadt von Budapest, egal ob Neubau oder Altbau. Es war mehr eine Höhle als ein Büro, aber genug für Tamás, um über die Runden zu kommen.

Tamás schaltete den Boiler im Flur an, legte die Kleidungsstücke auf den Stuhl neben der Tür und nahm das schnurlose Telefon in die Hand. Dann deutete er Zsófia Doi und Anna mit einem Handzeichen an, sich auf das Sofa zu setzen. Das Mädchen tat es, Zsófia Doi nicht. Sie blieb unschlüssig stehen, das Gesicht nachdenklich und ein wenig entrückt. Tamás stellte sich an das Küchenfenster, zündete sich eine Zigarette an und rief István in dessen Wohnung in der Üllői út an. Der war gerade vom Gym nach Hause gekommen, das keine zwei Minuten von seiner Wohnung entfernt lag.

István fragte ihn: »Hast du eine Ahnung, warum ihr zwei Tage warten sollt, bevor es weitergeht in Richtung Hortobágy?«

Tamás verneinte. Er hatte auch keine Lust, abzuwarten. Aber er konnte nicht offen sprechen – Zsófia Doi hörte jedes Wort mit. Sie stand in der Tür zur Küche und sah ihn ausdruckslos an. Er schob sie mit einer sachten Bewegung zurück in das Wohnbüro und schloss hinter ihr die Küchentür.

István sagte: »Wenn es sein Wunsch war, dass ihr abwartet, dann mach das – Auftraggeber bleibt Auftraggeber. Aber keiner verbietet dir, die ein, zwei Tage, die du warten musst, zu nutzen. Verstehst du?«

Tamás war nicht sonderlich erpicht darauf. Er wollte den Auftrag erledigen – Zsófia Doi und Anna in Hortobágy abliefern und das ausstehende Honorar einstreichen. Mehr interessierte ihn im Moment nicht.

Aber István hatte eine fixe Idee, einen Plan, in den er Tamás offensichtlich mit hineinziehen wollte. Er ließ nicht locker:

»Tamás, glaub mir, du wirst es nicht bereuen. Bleib an der Sache dran. Da ist eine ganze Menge für uns beide drin. Ich werde es dir später erklären.« Als Tamás ansetzen wollte, zu erfahren, was das Spielchen sollte, wiederholte István: »Vertrau mir einfach. Ich kenne mich in diesen Dingen aus. Lass die beiden nicht aus der Hand. Ich kann dann endlich das Gym renovieren, und du ziehst in die Vaci oder sonst wohin in die Innenstadt, da wirst du mit Aufträgen vollgeschissen. Das ist amtlich.«

Tamás seufzte, widersprach aber nicht. Er wusste, dass Istváns Instinkt bei solchen Dingen untrüglich war.

István war zufrieden und lockte Tamás mit einem Zuckerchen: »Kennst du Janós Varga? Ich kenne ihn von früher, als er noch Sportreporter war. Geh zu ihm.« Als Tamás nicht darauf einging, fuhr er fort. »Das ist jetzt unsere Sache. Deine und meine. Er wird uns weiterhelfen. Wenn jemand etwas weiß in Budapest, dann er.«

Tamás antwortete noch immer nicht. Er musste die Information erst verarbeiten. Janós Varga war die Spürnase bei der Népszabadság, der größten Tageszeitung des Landes. Ein angesehener Journalist, aber auch jemand, dem man nachsagte, dass er weder korrupt noch ganz sauber war. Er hatte als Sportjournalist angefangen, war dann 1991 durch mysteriöse Enthüllungen zum Umfeld der Wettmafia bekannt geworden. Seitdem glühte sein Stern am Budapester Journalistenhimmel.

István fuhr unbeirrt fort: »Man kann mit ihm Informationen tauschen. Wenn du etwas weißt, das ihn interessiert, gibt er dir Infos zurück. Eine faire Sache. Niemand verliert, alle gewinnen. Er hat keinen ganz guten Ruf. Aber er weiß einiges. Du wirst es nicht bereuen.«

»Kann man ihm vertrauen?«

»Besser als die Polizei ist er allemal. Niemand steht hinter ihm. Er schaltet und waltet auf eigene Faust.«

Tamás überlegte kurz. »Gut, so machen wir es. Wann kannst du mir morgen Attila vorbeischicken?«

István antwortete zuerst nicht. Dann räusperte er sich und sagte etwas kleinlaut: »Wir haben den Plan geändert. Morgen geht nicht. Aber wenn du einen Tag länger wartest, komme ich selbst vorbei.«

Tamás schnaubte verärgert. Aber er hatte keine andere Wahl. »Ist wenigstens das garantiert?«

»Ja«, sagte István, und gab ihm noch zehn Prozent Rabatt auf den ausgehandelten Preis. Dann verabschiedeten sie sich.

Tamás konnte nach dem Tag, der ganzen Aufregung, kaum noch nachdenken und überlegte trotzdem, ob es richtig war, sich auf Istváns Spielchen einzulassen. Er zündete sich die nächste Zigarette an und blickte durch das Küchenfenster nach draußen.

Die Nachbarhäuser lagen im Dunkeln, Fenster um Fenster Beton gewordene Trostlosigkeit. Nur schräg gegenüber blinkten die Neonröhren eines kleinen, wenig besuchten Strip-Clubs. Wenn man genau hinhörte, hörte man das leise, elektronisch-scheppernde Gewummer aus dem Inneren des Clubs. Tamás rauchte die Zigarette zu Ende und schloss das Fenster. Dann ging er zurück ins Wohnzimmer.

Anna war bereits eingeschlafen. Zsófia Doi saß neben ihr. Sie drehte sich zu ihm und fragte leise: »Wann gehen wir weg?«

»Nach Hortobágy?« Tamás zuckte die Achseln. »Ihr Mann sagte, wir sollen ein, zwei Tage warten.«

»Denken Sie, dass das nötig ist?«

Tamás seufzte. »Er wird sich etwas dabei gedacht haben.«

Zsófia Doi schüttelte den Kopf. »Sie müssen ihn nicht unbedingt beim Wort nehmen. Sie haben doch gesehen, was die letzten Wochen mit meinem Mann gemacht haben. Gabor Nagy hat bestimmt schon alles vorbereitet.«

Tamás grinste und sagte lakonisch: »Das klingt, als hätten Sie bereits an einem eigenen Fluchtplan gearbeitet.«

Zsófia Doi schwieg und ignorierte Tamás' Andeutung. Sie überlegte einen Moment, bevor sie etwas unterkühlt sagte: »Was haben Sie als Nächstes vor?«

»Haben Sie außer Gabor Nagy noch jemanden, dem sie vertrauen, der Ihnen helfen kann? In der Kanzlei? Einen Partner Ihres Mannes vielleicht? Wir könnten Verbündete gebrauchen.«

Zsófia Doi schüttelte den Kopf.

»Kein Vertrauen in die Kollegen?«

»In diese? Nein. Sie wissen, wo mein Mann gearbeitet hat.«

»Also haben Sie nur Gabor Nagy aus Hortobágy.«

»Ich kenne ihn nicht persönlich. Aber Béla hat ihm vertraut – und das reicht mir.«

Tamás nickte. Er spürte, wie sich ein unangenehmes, befangenes Schweigen zwischen ihnen ausbreitete. Zsófia Doi begann ein paar Kleidungsstücke und die zerknüllten Zigarettenschachteln auf dem Schreibtisch aufzuräumen. Er nahm die Fernbedienung vom Schreibtisch und schaltete den Fernseher ein. Bei »m1« hörte er auf zu zappen. Während die Werbung lief, ging er in die Küche, kochte Wasser auf und bereitete eine Instant-Nudelsuppe zu – mehr Essbares hatte er nicht in der Wohnung. Er stellte drei Teller und die Suppenschüssel auf den Tisch. Dann weckte er Anna.

Die Nachrichten liefen bereits. Während des Essens sahen sie die Wiederholungen der Bilder von der Andrássy út – die ausgebrannten Autos, schwarz und kalt, hinter den Absperrbändern. Und immer wieder der rote BMW. Die Autowracks hatten etwas Unwirkliches, wie Requisiten aus einem Fernsehfilm. Experten in weißen Overalls suchten nach Spuren. Der Reporter, der Anchorman der »m1-Nachrichten«, groß, schlank und grauhaarig, berichtete mit wohlmodulierter Stimme über das Attentat und ließ den Namen ›Béla Doi‹ mehrmals fallen. Anna sah nicht auf den Bildschirm. Sie starrte auf die Nudelsuppe, auf deren Oberfläche Frühlingszwiebelringe schwammen, die Tamás frisch geschnitten hatte. Zsófia Doi legte die Hand sachte auf Annas Oberschenkel und blickte zuerst das Kind, dann Tamás an.

Der Anchorman ging von den üblichen Neuigkeiten, einschließlich der letzten Pressemitteilung der Polizei, zu den politischen Reaktionen auf den Anschlag in der Andrássy út über. Der Anschlag hatte das ganze Land erschüttert. Es gab Kondolenzschreiben aus dem Ausland, der deutsche und der österreichische Kanzler hatten geschrieben, auch der französische Präsident. Die ganze Europäische Union schien auf Ungarn zu blicken.

Die Polizei war in höchster Alarmbereitschaft. An den Ausfallstraßen waren Sperren errichtet. Auf den Donaubrücken wurden die Autos angehalten und gründlich überprüft. Die Polizei hatte eine Belohnung von fünf Millionen Forint für Hinweise ausgelobt. Der Polizeipräsident versprach, die Schuldigen innerhalb von 72 Stunden dingfest zu machen.

Es bestand kein Zweifel: Dieser Bombenanschlag hatte eine Kettenreaktion ausgelöst und eine Maschinerie in Gang gesetzt. Und diese Maschinerie war neu. Plötzlich, von einem Tag auf den anderen, war der korrupte, bis in die Knochen faule und verfaulte Polizeiapparat dienstbeflissen und überkorrekt. Ob das ein gutes Zeichen war? Tamás glaubte nicht daran. Er drückte auf den roten Knopf der Fernbedienung und schaltete den Fernsehapparat aus.

11

Tamás wachte am Morgen wie gerädert auf. Er hatte die Nacht im Sessel verbracht, während Zsófia Doi und Anna in seinem Bett schliefen. Beim Bäcker um die Ecke besorgte er Brötchen, danach frühstückten sie. Um 10 Uhr rief er von der Küche aus in der Redaktion des Népszabadság in der Fúto út in Pest an. Die Sekretärin wollte ihn zuerst nicht durchstellen. Die Zeitung bemühte sich ihren Starreporter so gut es ging abzuschirmen. Aber Tamás bezirzte sie, und wenig später hatte er den Journalisten in der Leitung. Der kam gerade aus der Redaktionssitzung.

Janós Varga wirkte gestresst. Er hatte eine klare, konturierte Stimme. Aber wenn er redete, flog er über die Worte hinweg, zumindest bei den Teilen, die ihm nicht wichtig schienen. Er war nicht mehr jung, aber jung genug, um ungeduldig zu sein.

Wie alle Kollegen aus den Politikressorts versuchte er gerade, so viel wie möglich über die Hintergründe des Bombenanschlags von der Andrássy út in Erfahrung zu bringen. Er hatte auch schon mit seinen Kontaktleuten bei der Polizei und jenen im kriminellen Milieu geredet. Er nannte das »seine Hintergrundrecherchen«.

Umso mehr wurde er hellhörig, als Tamás ihm sagte, dass

er mit István bekannt wäre und das eine oder andere aus erster Hand wüsste, ihn sogar mit Béla Dois Frau in Kontakt bringen könnte. Janós Varga, ganz ehemaliger Sportreporter, begann sogleich, Tamás zu schmeicheln, ihn mit warmen, verbindlichen Worten nicht vom Haken zu lassen. »Sie werden staunen, Herr Livermore, was ich herausbekommen habe. Wissen Sie, wem der Anschlag gegolten hat?« Er wartete auf eine Antwort. Als nichts kam, fuhr er fort: »Béla Doi war nur ein erwünschter Kollateralschaden, nicht mehr. Der Anschlag hat jemand anderem gegolten.«

Tamás sagte nichts dazu – offensichtlich war Mihály Farkas gemeint, aber wer wusste, ob das stimmte. Die ersten Tage waren immer die Zeit der Spekulationen. Tamás spürte an dem unruhigen Atmen des anderen, dass dieser es eilig hatte. Wahrscheinlich wartete der nächste Termin auf ihn. Janós Varga hustete. »Ich werde Ihnen alles in Ruhe erzählen. Vielleicht können Sie mir helfen, ein paar Lücken zu schließen. Selbst der Guardian und die New York Times interessieren sich für die Geschichte. Das wird groß werden, eine wirklich große Sache.«

Sie verabredeten sich für 20 Uhr. Ort des Treffens sollte eine kleine Weinschenke in der Bartók Béla út sein, nicht weit vom Gellért-Hotel entfernt. Sie war vom Redaktionssitz des Népszabadság aus leicht zu erreichen, keine zwanzig Minuten zu Fuß, der Weg führte direkt über die Petőfi-Brücke. Janós Varga schien keine Zeit verlieren zu wollen. Die Spatzen pfiffen es von den Dächern, dass er große Ambitionen hatte, international Karriere zu machen. Tamás konnte das nur recht sein.

Den Rest des Tages verbrachte Tamás mit Zsófia Doi und Anna im Büro. Die beiden duschten, er besorgte ihnen frische Handtücher. Danach ließen sie die Zeit verstreichen, Tamás schaltete immer wieder den Fernseher ein, um zu sehen, ob es Neuigkeiten gab. Zsófia Doi blieb schweigsam. Tamás holte im

Match-Markt um die Ecke Getränke und etwas Gemüse und Fleisch. Er kochte, während Zsófia Doi sich mit Anna leise auf dem Sofa unterhielt.

Am späten Nachmittag reservierte er über das Telefon die Zugkarten nach Hortobágy. Istváns Stimme im Ohr, hatte er sich für den übernächsten Tag entschieden. Zwischendurch tranken sie eine Tasse bitteren Instantkaffees und aßen dazu einige Túró Rudi. Er versuchte über die Vermittlung die Telefonnummer von eben jenem Gabor Nagy in Hortobágy herauszubekommen, dieser war aber nirgends angemeldet. Zsófia wusste nichts über ihn. Sie kannte nur die Kontaktadresse.

Sie waren in Tamás' Wohnbüro wie abgeschnitten von der Welt. Weder der Kommissar noch jemand anderes von der Polizei riefen an, nicht am Morgen, nicht am Mittag, nicht am Nachmittag. Zsófia Doi und Tamás wussten nur zu gut, dass die Ruhe trügerisch war. Am frühen Abend sprach Tamás mit einer Nachbarin – Federike Bíró –, die auf der anderen Seite der Anlage wohnte. Er hatte der pensionierten Lehrerin bei Kleinigkeiten geholfen, jetzt half sie gerne. Sie nahm Zsófia Doi und Anna für einige Stunden zu sich in die Wohnung. Als er die beiden abgeliefert hatte, machte Tamás sich auf den Weg zur Bartók Béla út.

Die kahlen, fast schwarzen Bäume reihten sich entlang der Hänge des Kissvábhegy aneinander, unterbrochen nur von grauen Betonblöcken. Die schwarze Lederjacke über dem frischen blauen Hemd, die Zigarette in der Hand, ging er über den belebten Déli pu und die Krisztina körút zur Donau. Der Fluss lag in der Abenddämmerung dunkel und kalt vor ihm. Die Autos und Straßenbahnen krochen hupend das Ufer entlang. Auf der Elisabethbrücke mit ihren strahlend weißen Pfeilern stockte der Verkehr. Die aus dem Auspuff dampfenden Wagen sahen aus wie Spielzeugautos. Die Menschen waren gehetzt, die meisten kamen von der Arbeit. Es roch nach Abgasen und Herbst.

Tamás ging vorbei am Gellért-Berg zum überlaufenen, hell beleuchteten Vorplatz des Hotels. An der Ecke stiegen Touristen in einen Bus, kurz danach bog Tamás in die Bartók Béla út ein. Die Straße führte durch eine breite Mulde, gesäumt von Wohnhäusern aus der Jahrhundertwende, in die Hügel von Buda.

In der Weinschenke trieben sich die üblichen Verdächtigen herum: kleine Beamte, Postler und Handwerker nach Schichtende, sonnengegerbte Bauarbeiter aus der Nachbarschaft, und Hausfrauen und solche mit tiefem Ausschnitt. Eine eben solche saß mit ihrem Mann am Tisch neben ihm. Das Ungarisch der Frau war derb. So wie sie sprach, mit heiserer, verrauchter Stimme, brauchte es keine drei Worte, bis sie dem Mann die ersten Flüche und Schimpfwörter über den Tisch entgegen schleuderte. Auch der Wirt war ein Wesen dieser Welt. Er war dürr, eine kränkliche Erscheinung mit roter Nase und zitternden Händen. Das grobe Leinenhemd hing schlaff wie eine Gardine an seinem Körper herab. Er brachte Tamás ein Glas Rotwein. Dann schlurfte er wieder hinter die Theke.

Der Streit zwischen der zeternden Frau und ihrem Mann ging noch eine Weile weiter. Janós Varga war noch nicht eingetroffen.

Tamás wartete. Es war erst kurz nach Acht. Dieser Tausendsassa von einem Journalisten mochte sich verspätet haben.

Tamás blickte aus dem Fenster. Die Sonne war schon untergegangen, die Bartók Béla út im Schatten der Häuser verschwunden. Auch hier schoben sich die Scheinwerfer der Autos nur langsam voran. Ein japanischer Kleinbus hielt etwa zwanzig Meter entfernt, doch niemand stieg aus. Auch im Strom der Passanten, der zielstrebig am Fenster vorbeizog, war kein Varga auszumachen. Auf der anderen Straßenseite leuchteten die Reklamen der Vierundzwanzig-Stunden-Läden in grellen Neonfarben. Tamás beobachtete die Parkplätze, wusste aber nicht, was für ein Auto Varga fuhr. Von Janós Varga war nichts zu sehen.

20 Uhr 20.

Der Journalist hatte sich noch immer nicht blicken lassen. Tamás wurde unruhig. Er sah immer wieder auf die Uhr: 20 Uhr 24, 20 Uhr 27.

Um Viertel vor Neun ging er vor die Tür. Direkt gegenüber der Weinstube war eine Telefonzelle. Er rief in der Redaktion des Népszabadság an. Dort hatte die Sekretärin ihn zuletzt vor einer Stunde gesehen.

Tamás setzte sich wieder in die Weinstube. Der japanische Kleinbus stand noch immer in der zweiten Reihe. Das Warten brachte nichts. Um 21 Uhr 30 war Janós Varga noch immer nicht eingetroffen. Es war sinnlos, weiter zu warten. Er zahlte und machte sich auf den Rückweg.

Die Gehsteige der Krisztina körút waren wie ausgestorben. Nur auf der Straße brauste der Verkehr, Trambahnen ratterten vorbei, sie waren auf dem Weg von der Pester Innenstadt zum Moszkva tér. Erst auf dem Vorplatz des Déli pu gab es wieder mehr Leben. Zwischen Metro-Eingang und Bahnhof hetzten die Menschen mit Koffern und Plastiktüten beladen ihrem nächsten Ziel entgegen. In der Mitte des Platzes unterhielten sich mehrere rauchende Bahnmitarbeiter in Uniform, sie standen direkt vor der blau gekachelten Blumenskulptur. Es war ein alltäglicher Anblick, trotzdem beschlich Tamás ein mulmiges Gefühl. Er fühlte sich beobachtet, drehte sich um, sah aber nichts Auffälliges. Nur ein drahtiger Mitvierziger blickte ihn verdutzt an, wohl aufgeschreckt von Tamás' plötzlicher Bewegung.

Tamás ging am Bahnhofsgebäude vorbei, über ihm die dunkelbraun gerahmten Fensterscheiben. Die Türen in dem langgestreckten Betonriegel öffneten und schlossen sich. Menschen strömten herein und heraus. Tamás blickte sich um – vielleicht gab es einen Hinweis, ein kleines Indiz dafür, dass ihm jemand gefolgt war. Er war konzentriert, so wie er früher bei Boxkämpfen konzentriert war. Aber es war unmöglich, aus der nächtlichen Szenerie rund um den Bahnhof irgendetwas heraus zu lesen. In der Ferne hörte er das Kreischen eines zum Stehen kommenden Zugs. Ein anderer Zug setzte sich mühsam surrend in Bewegung.

Tamás überquerte die Alkotás út am anderen Ende des Déli pu. Dort kreuzten sich in einem Knotenpunkt mehrere Straßen und Trambahnlinien. Alles war laut, belebt, hell beleuchtet, fast wie am Tag. Plakate rollten im Fünfsekundentakt ihre Werbebotschaften ab. In den Schaufenstern der Geldwechselstuben blinkten die aktuellen Kurse. Eigentlich ein Ort, an dem ein Mensch sicher war. Aber nicht hier, nicht in Budapest. Die Ampel schaltete auf Grün. Tamás, noch immer aufs Äußerste angespannt, überquerte die Straße. Er spürte, dass etwas nicht stimmte – und er wusste, dass er sich auf sein Gefühl verlassen konnte. Es sollte ihn nicht trügen.

Noch bevor er auf der anderen Straßenseite angelangt war, hörte er das Aufheulen eines Motors. Ein japanischer Kleinbus, mattgrau lackiert, kein Kennzeichen, die Fensterscheiben getönt, bremste kurz vor ihm ab. Tamás wusste sofort, was gespielt wurde. Budapest war voll mit diesen Geschichten, sie wurden hundertfach in den Zeitungen und Magazinen kolportiert.

Der Kleinbus hielt keinen Meter vor ihm. Die Schiebetür wurde aufgerissen. Drei Männer, die Gesichter vermummt, stürmten aus dem Wagen.

Tamás reagierte blitzschnell. Sofort ging er zwei Schritte zurück. Er musste Distanz schaffen, sie auseinanderreißen. Sonst würden sie ihn zu dritt in wenigen Sekunden überwältigen. Es waren Profis.

Er streckte den ersten Angreifer, einen untersetzten Bullen

von einem Mann, mit einer saftigen Geraden nieder, mitten ins Gesicht. Der zweite, im Baumfällerhemd, versuchte ihn am linken Arm zu packen. Aber Tamás machte einen Ausfallschritt nach vorne und brachte ihn mit einem wuchtigen Ellenbogenschlag aus dem Gleichgewicht. Dann setzte er mit einem kurzen rechten Haken nach. Der Schlag war nicht fest, aber präzise, und er zeigte Wirkung. Der Angreifer ging wie ein Kartoffelsack zu Boden.

Der dritte, eine hagere Gestalt in Jeansjacke, war verunsichert und zögerte, nicht lange, aber lange genug. Er zog eine Pistole aus dem Brusthalfter. Tamás nutzte den Moment und lief los, sprintete über die Alkotás út, vorbei an einem chinesischen Restaurant. Eine Gruppe Obdachlose musterte die Szene argwöhnisch. Sie standen böse drein blickend um eine Mülltonne herum, sie hatten ihren eigenen Streit.

Der graue Kleinbus wendete, hupte, kam in dem Verkehrschaos aber nicht durch. Die drei Verfolger teilten sich auf. Der Dürre mit der Jeansjacke war am nächsten an ihm dran. Tamás sah sich nicht nach ihnen um. Er lief bergauf in die vollgeparkte Schwartzer Ferenc út, bog sofort in die nächste Querstraße, dann in die nächste. Er lief einfach wahllos weiter, lief und bog ein, lief und bog ein. Er wusste, dass er seine Verfolger hier im Hinterland von Krisztinaváros und Kissvábhegy locker abhängen würde. Es gab hier so viele Verstecke, Hinterhöfe und Garageneinfahrten, dass es unmöglich war, ihn aufzuspüren.

In der Városmajor út, einige Minuten vom Déli pu entfernt, kletterte Tamás über einen schmalen Zaun und stellte sich in den Schatten eines gewaltigen Kastanienbaums. Es roch nach nasser Erde. Er trat auf glitschige, faulende Blätter. Er spürte in seinem Rücken nassfeuchtes Efeu, das hinter ihm die schmucklose Backsteinfassade hinaufkroch. Er hielt den Atem an, horchte in die Nacht. Er hörte das Brummen der Stadt, in der Ferne an- und abfahrende Züge, ein Klavier aus einem der Fenster. Aber keine sich nähernden Schritte, nicht den Kleintransporter, kein Auto. Er fragte sich, in wessen Schusslinie er da geraten war. Wussten die Typen, dass er bei Béla Doi im Büro und in dessen Haus gewesen war? Oder waren sie durch das geplante Treffen mit Janós Varga auf ihn aufmerksam geworden? Beides war möglich – jedes für sich genommen oder beides gleichzeitig.

Es war beinahe friedlich hier, im Übergang von Kissvábhegy nach Krisztinaváros, seinem Wohnviertel. Die Einwohner saßen zu dieser Uhrzeit am Abendtisch und sahen fern. Er blieb einige Minuten stehen. Es war gefährlich, sich zu früh wieder auf den Weg zu machen. Aber nichts geschah. Er war ihnen – wer auch immer sie waren – noch einmal durch die Finger gerutscht.

Tamás machte sich davon. Die Dunkelheit war das Beste, was er sich in diesem Moment wünschen konnte. Sein Büro war nicht mehr weit entfernt, nur ein paar Querstraßen den Berg hinauf. Ob er wollte oder nicht, er war da in eine Sache hineingeraten, auf die er gerne verzichtet hätte. Nun musste er einen Weg finden, sich und seine Schützlinge da wieder raus zu holen.

12

Tamás mied den hell beleuchteten Haupteingang an der Goldmark Károly út. Er schlich über die Nachbargärten und betrat das Hintergebäude über die verrostete Feuertreppe auf der Rückseite. Er wollte auf Nummer Sicher gehen. Das Metall unter seinen Füßen knarzte, während er vorsichtig die Stufen hinaufstieg. Wenig später klopfte er an die Tür von Federike Bíró. Er machte Zsófia Doi klar, dass sie keine Zeit hätten, dass sie sofort verschwinden müssten. Er ging voraus, wieder die Feuertreppe hinab, Zsófia Doi und Anna folgten ihm. Die Fenster seines Büros im Gebäude gegenüber waren dunkel.

Er führte sie den Hang hinab zur Parallelstraße, der Ráth György út. Niemand war zu sehen. Fast alle Fenster der Betonblöcke waren dunkel. Dort, wo Licht brannte, waren die Gardinen zugezogen. In den parkenden Autos am Straßenrand saß niemand.

Tamás bemerkte, dass Zsófia Doi ihn immer wieder ansah, sie wollte mehr von ihm wissen. Aber er ging unbeirrt weiter, immer abseits der großen Straßen, bis zur Margaretenbrücke. Der Löwe am Gyóni Géza tér, direkt am Übergang zur Brücke, blickte ausdruckslos über die verwelkten Blumenbeete in Richtung Donau. Der Fluss lag schwarz und unruhig in der Nacht, die öffentlichen Gebäude waren, bis auf das Parlament, nicht beleuchtet. Auf den Straßen war an diesem Werktag mitten in der Nacht kaum noch Verkehr.

Am Gyóni Géza tér nahmen sie die Trambahn nach Pest. Sie fuhren nicht weit, nur zwei Stationen. Am Jászai Mari tér, noch in Sichtweite der Donau, stiegen sie wieder aus. Tamás hatte einen Plan, zumindest eine Idee, wo sie die nächsten Stunden sicher sein könnten. Er führte Zsófia Doi und Anna parallel zur Donau in die Hollán Ernő utca, vorbei an den nun leeren Kneipen hinein in die Tiefen von Újlipótváros, dem Budapest der 1930er und 1940er Jahre. Hinter dem Szent István Park, an der Ecke Kárpát utca und Thurzó utca, lag das Ziel – ein Vierundzwanzig-Stunden-Spielsalon, kein glamouröser Ort, eher eine Absteige für Spieler und Herumtreiber, aber gut genug für den Moment, zumindest für diese Nacht.

Tamás schob dem Wirt ein paar Scheine über den Tresen zu. Zsófia Doi setzte sich auf den Barhocker neben ihn. Jetzt sagte er ihr, was geschehen war – nur Istváns Überlegungen sparte er aus. Er berichtete ihr von Janós Varga, der nicht aufgetaucht war, und den Männern, die ihn in den Van hatten ziehen wollen. Sie hörte zu, aber es schien sie nicht sonderlich zu überraschen. Sie bestellte einen Pálinka, dann bot der Wirt ihr und Anna an, im hinteren Bereich auf den Holzbänken zu schlafen. Tamás sammelte einige Sitzkissen von den Stühlen und besorgte zwei Decken. Während sich Zsófia Doi und Anna hinlegten, trank Tamás ein Bier mit dem Wirt an der tristen, mit Leuchtgirlanden geschmückten Bar. Sie sprachen über dieses und jenes. Sie kannten sich flüchtig.

Irgendwann wurde es hell. Aus Dunkelblau wurde Dunkelgrau. Es hatte begonnen in Strömen zu regnen. Die wenigen Angestellten auf dem Weg zur Frühschicht verschwanden unter Regenschirmen. Tamás döste an der Theke vor sich hin, den Kopf auf den verschränkten Armen. Der Wirt kam aus dem Hinterzimmer, weckte ihn und forderte ihn auf zu gehen, bevor die ersten Gäste kämen.

Tamás weckte Zsófia Doi und Anna. Er nahm einen vergessenen Regenschirm, der im Eck neben einem einarmigen Banditen lag. Dann machten sie sich zu Fuß auf den Weg. Bis zum Nyugati pu waren es über die Váci út nur wenige Minuten. Sie kamen am »Lehel Csarnok« vorbei, das Kaufhaus war erst vor kurzem eröffnet worden. Verdächtige Kleintransporter oder Vans waren nirgends zu sehen – auch nicht zwischen den Lieferwagen vor der grell-bunten Fassade mit den gezackten roten Treppenaufgängen und den gelben Säulen. Obst- und Gemüsekisten wurden ausgeladen. Ein neuer Tag begann. Nur wenige Schritte weiter, am Nyugati pu, waren die kleinen, unscheinbaren Cafés rund um den Bahnhof mit seiner ausladenden Eisengussarchitektur noch geschlossen. Nur der McDonalds neben der Abfahrtshalle hatte um diese Uhrzeit geöffnet. Es war 5 Uhr 45.

Zsófia Doi und Anna setzten sich an einen Tisch, während Tamás Kaffee, Tee und Rühreier holte. Anschließend saßen sie sich schweigend gegenüber und betrachteten die wenigen anderen Gäste in dem riesigen Raum. Es war früher ein Bahnhofs-Wartesaal gewesen. Tamás versuchte, die anderen Frühaufsteher und Pendler einzuschätzen, sowohl jene im McDonalds als auch die anderen draußen vor den Fenstern. Aber er sah nichts Auffälliges. Anna gähnte. Sie legte den Kopf auf den Schoß ihrer Mutter und schlief wieder ein, ohne den Tee angerührt zu haben. Tamás blickte Zsófia Doi an, aber sie wich seinem Blick aus. Ihre Augen wanderten unruhig durch den Raum. Die Müdigkeit war ihr anzusehen, dunkle Schatten lagen über ihren Wangen. Sie schob den Kopf ihrer Tochter zur Seite, nahm ihre Handtasche und ging wortlos zur Toilette.

Hinter den gewaltigen, von Stuck eingefassten Fenstern lagen der Bahnhofsplatz und die Teréz körút, noch immer verwaist. Um 6 Uhr 30 ging Tamás zum Münztelefon in die kahle, fast menschenleere Abfahrtshalle. Nur ein einziger, verloren wirkender Regionalzug nach Szolnok wartete auf Fahrgäste. Ein kalter Wind blies aus dem offenen Ende des Kopfbahnhofs in die Halle.

Tamás versuchte zuerst, Katalin zu erreichen. Aber sie ging nicht ans Telefon. Dann wählte er Istváns Nummer. Wenn ihm jemand aus der Patsche helfen konnte, dann er. Tamás erklärte ihm kurz, wo er sich mit Zsófia Doi und der Kleinen gerade befand. Sie vereinbarten, sich in der Pension Irini zu treffen. Die lag in Kispest, auf halber Strecke zum Flughafen, nicht weit von einem stadtbekannten chinesischen Einkaufzentrum namens Sárkány Center entfernt.

Aber István hatte auch eine Neuigkeit, er war nicht nur ein wandelndes Lexikon. Er hatte die Telefonnummern und das Vertrauen oder zumindest die wohlwollende Akzeptanz von erstaunlich vielen Leuten in und um Budapest. Einer seiner Bekannten arbeitete für die Bankenaufsicht, der Bekannte eines Bekannten wiederum saß im Vorstand der OPT Bank.

István sagte mit seiner kräftigen, rauen Stimme, die Tamás' Frage obsolet machte: »Hast du dich gefragt, warum die Leute immer noch hinter euch her sind? Obwohl sie Béla Doi schon um die Ecke gebracht haben?«

Natürlich hatte Tamás sich das gefragt. Aber er hatte noch keine überzeugende Antwort gefunden.

»Deine Freundin hat eine Menge Geld auf einem Schweizer Konto geparkt. Allein bei der St. Gallener Kantonalbank sind es sechs Millionen Franken. Das Geld kam aus der Slowakei von einem ›Danube Trading Trust‹. Wenn Zsófia Doi aus der Nummer raus ist, hat sie ausgesorgt. Aber auch in der Schweiz wird sie keine ruhige Minute haben.«

Tamás hatte immer wieder Münzen nachgeworfen. Jetzt gingen sie ihm aus. In der Leitung piepste es, das Signal, dass die Verbindung in wenigen Sekunden abbrechen würde. Tamás sagte noch: »István, wir sehen uns. Und wenn du mir eine Knarre mitbringen kannst, bring sie mit.« Dann brach die Verbindung ab.

Tamás legte den Telefonhörer nicht gleich auf. Er dachte kurz nach. Er dachte an das Geld in der Schweiz, daran, ob er Zsófia Doi gleich damit konfrontieren sollte. Er entschied sich dagegen. Das Ganze hatte Zeit. Jetzt hier im Bahnhof Aufregung in die Sache zu bringen, machte keinen Sinn. Er hatte eine Aufgabe, einen Auftrag, den es zu erfüllen gab – und immerhin würden 1,5 Millionen Forint auf ihn warten in Hortobágy.

Tamás ging durch die Abfahrthalle, er sah die abgetretenen Bahnsteige, auf dem Boden die leeren Schalen von ausgespuckten Sonnenblumenkernen. Ein Bettler war gerade dabei, alte Zigarettenkippen aufzusammeln. Als Tamás am Eingang des Restaurants ankam, sah er hinüber zu ihrem Tisch. Anna schlief noch immer, Zsófia Doi saß bei ihr.

Tamás pfiff ungewollt durch die Zähne. Auf dem Weg zum Tisch schwirrten ihm die Gedanken wie ein aufgescheuchter Hornissenschwarm durch den Kopf. Das Ganze war der reinste Ostblock-Blues. Man hatte die Menschen ins Chaos gestürzt – und jetzt bekam man Chaos zurück. Und er – der Privatdetektiv, der immer schon im Ring zuhause gewesen war – war mittendrin. Er hatte keine andere Wahl, als sich in den Kampf zu stürzen. Die Frage war nur, auf was er sich mit diesem Auftrag eingelassen hatte.

13

Die Pension Irini lag in Kispest, im Südosten der Stadt, in der Ferenc utca, einige gesichtslose Straßen hinter dem Sárkány Center mit seiner gläsernen Industriefassade und den längst korrodierten Betonstreben. Sie hatten im Labyrinth der mit Waren vollgestopften Regale das Nötigste gekauft: Sporttaschen, Mäntel, Jacken, für Anna ein Kleid und ein paar Comichefte, zwei Regenschirme, dazu Deos, Zahnbürsten und Zahnpasta, und er für sich selbst Rasierzeug. Tamás bezahlte. Es war wie alles im Sárkány Center spottbillig, kostete aber zusammengenommen immer noch eine ziemliche Stange Geld.

Der Mann am Empfang der Pension war ein verhutzeltes Etwas mit dicker Brille und dreckigen Fingernägeln. Er war umgeben von einer herben alkoholischen Wolke irgendeines billigen Aftershaves. Tamás gab ihm ein stattliches Trinkgeld, 700 Forint, die er lose in der Tasche hatte. Der Mann verstand. Er verzichtete auf die Aufnahme der Personalien und schrieb mit leichtem Zittern in den Händen seine Standardnamen in das zerfledderte Notizbuch auf dem Tresen: Herr und Frau László. Das halbe Gästebuch bestand aus diesen Namen. Dann nahm der alte Mann einen Plastikstuhl, setzte sich vor die Tür und hörte Radio – ungarische Schlager, Herzschmerz. Schräg gegenüber auf einem Schemel stand ein kleiner Benko-Fernseher, er war auf stumm geschaltet. Es lief gerade ein Werbespot für ein Waschmittel. Sie waren die einzigen Gäste.

Das Zimmer war direkt unter dem Dach. Es bestand aus zwei Einzelbetten, in die Ecke war ein Zustellbett gezwängt, es hätte genauso gut eine Krankenliege sein können. Die Rollos waren heruntergelassen, durch die Lamellen sah Tamás auf einen zehnstöckigen Bau, umgeben von flachen Häuschen mit ebenso flachen Dächern.

Zsófia Doi und Tamás stellten ihre Sporttaschen mit den frisch gekauften Sachen in die Ecke. Anna nahm ein Comicheft aus einer der Seitentaschen und setzte sich auf das Bett neben dem Fenster. Es war eine Ausgabe von »Dörmögő Dömötör«, dem brummenden Bären Demetrius. Auf dem quietschbunten Umschlag badete der Bär mit seinen Freundinnen in einem See.

Zsófia Doi und Tamás ließen Anna allein im Zimmer, um unten vor der Tür eine Zigarette zu rauchen. Es hatte aufgehört zu regnen, trotzdem hingen die Wolken noch schwer am Himmel. Sie gingen vor das Haus und setzten sich auf eine kleine Bank unter dem Fenster, der Blick versperrt durch eine brusthohe Betonmauer. Aus dem Fenster über ihren Köpfen drang leise das nächste Herzschmerz-Lied, untermalt vom Rauschen der fernen Autobahn.

Zsófia Doi nahm einen tiefen Zug. Sie sah ihn lange an. Er ignorierte ihren Blick und sah über die Betonmauer auf die Wohnriegel mit den staubgrauen Balkonen, zu dieser Jahreszeit hielt sich niemand mehr draußen auf. Sie sagte nur: »Danke.« Sie schien zu honorieren, dass er sich zumindest Mühe gab.

Tamás verzog keine Miene. Er überlegte, ob die Zeit reif war für ein Gespräch. Er hätte gerne gewusst, was für ein Spiel sie spielte und was es mit den Millionen in der Schweiz auf sich hatte. Doch sein Gefühl sagte ihm, dass es noch zu früh war.

Drinnen unterbrachen Nachrichten die Schlagerparade. Die Neuigkeit des Tages ließ Tamás aufhorchen: Janós Varga, der bekannte Reporter der Népszabadság, der ehemalige Sportjournalist, der mit seinen Artikeln zur Wettmafia zu Ruhm gekommen war, war in den frühen Morgenstunden tot aufgefunden worden, keine hundert Meter vom Parlament entfernt, direkt an der Donau – Hände und Füße gefesselt, Gesicht und Körper mit Blutergüssen übersät, Schnittwunden an Armen und Beinen, Todesursache vermutlich Lungenembolie. Er war an seinem eigenen Blut erstickt.

Tamás ging nach drinnen und stellte sich an den Tresen, nah an das Radio. Es gab auch ein Bekennerschreiben, zusammengeklebt aus alten Schnipseln der Népszabadság. Die Polizei machte keine Angaben zum Inhalt. Aber die Redaktion des Népszabadság hatte in Erfahrung gebracht, worum es ging. Die Malina, Ableger der ukrainischen Mafia aus Odessa und seit Jahren ins Land drängend, warnte die Presse davor, ihre Nase in fremde Angelegenheiten zu stecken. Sie bekannte sich auch zu mehreren Bombenanschlägen, darunter dem in der Andrássy út.

Der Nachrichtensprecher ließ bedeutungsschwanger das Wort »Mafia-Krieg« fallen. Bislang war das tunlichst vermieden worden – zumindest in allen regierungsnahen Medien. Offensichtlich hatte Ministerpräsident Dániel Korvin seine Linie geändert. Aus den »üblichen Problemen eines aufstrebenden Landes« war ein »Mafia-Krieg« geworden.

Tamás schüttelte den Kopf. Ein Bekennerschreiben der Mafia. Es war bizarr. Als ob die Tiere der Nacht plötzlich ans Tageslicht drängten.

»Also die Malina?«, fragte Zsófia Doi. Sie stand in der Eingangstür.

Tamás knackte gedankenverloren seine Finger. »Wenn man den Politikern glauben kann.« Er beobachtete einen kleinen, unscheinbaren Käfer. Auf dem schwarzen, matten Rückenschild zeichneten sich rote Pünktchen ab. Der Käfer kroch den Tresen entlang.

»Was ist Ihre Meinung dazu?« Es war eine ehrliche Frage.

»Es kann jeder gewesen sein.« Tamás schwieg für einen Moment. »Vielleicht war es die Malina, vielleicht die Tambowskaja, vielleicht seine alten Kollegen oder der Geheimdienst. Aber dass alles, was hier passiert, auf das Konto der Malina gehen soll«, er atmete hörbar aus, »da habe ich meine Zweifel.«

Zsófia Doi nickte, sie hatte offenbar dasselbe Gefühl.

Tamás seufzte und beschloss, die Gunst des Augenblicks zu nutzen. Er fragte direkt: »In welche Geschäfte war Ihr Mann verwickelt?«

Zsófia Doi sah ihn einen Moment an, dann zuckte sie die Schultern. Keine Geste, nicht ihre Mimik, auch nicht ihre Augen reagierten auf die Frage. Der kurze Augenblick war verstrichen. Sie ließ sich nicht aus der Reserve locken. »Ich weiß so gut wie nichts. Es waren seine Geschäfte. Er hat gewusst, dass Unwissenheit manchmal ein Segen ist«, sagte sie lapidar.

Tamás hob – halb amüsiert, halb zynisch – die Augenbrauen. »Glauben Sie im Ernst, dass ich Ihnen das abnehme?«

»Das müssen Sie nicht. Es bleibt Ihnen überlassen.«

»Über das Konto in der Schweiz wollen Sie nicht reden?«

Zsófia Doi lehnte sich an den Türrahmen. Sie blickte auf die Zigarette in ihrer Hand und presste die Lippen ein wenig zusammen. Sie trug einen etwas zu kurzen, rot schimmernden Rock aus Seide. An der Seite, knapp über dem Oberschenkel, war eine Blume eingestickt. Sie hatte die Kleidung noch nicht gewechselt. »Macht das einen Unterschied für Sie?«

Tamás erwiderte nichts. Aber er konnte auch nicht widersprechen. Er hatte Béla Doi nur eine Sache versprochen: Seine Frau und das Kind im Falle des Falles nach Hortobágy zu bringen.

Im Radio lief wieder Volksmusik. Ein Sänger mit einer aufdringlich schmalzigen Stimme sang von den lieblichen Ufern des Balaton und dem süßen, herben Wein an dessen Ufern. Tamás, obwohl der Auftrag gerade einmal drei Tage alt war, hätte jetzt einen kleinen Urlaub dort gut gebrauchen können.

Der kleine Käfer, nun an das andere Ende des Tresens gelangt, plumpste hilflos wie ein Kieselstein in die Tiefe. Aber er überlebte den Sturz. Munter, als ob nichts gewesen wäre, krabbelte er weiter über die Dielen und versuchte erneut, nach oben zu gelangen.

14

Am frühen Nachmittag traf István in der Pension ein. Er und Tamás umarmten sich kurz vor der Eingangstür. István war gut gelaunt. Seine blassblauen Augen, meistens undurchdringlich in dem finsteren Gesicht, strahlten. Einer seiner Kämpfer, Gyula Csík, hatte am Abend vorher die ungarische Meisterschaft im Weltergewicht gewonnen. Doch er war auch besorgt; ein Wagen, ein alter Ford, war ihm vom Gym aus gefolgt. Er hatte einen längeren Umweg über die Außenbezirke – Gyál und Vecsés – gemacht und war dann über das Hinterland von Pestszentlőrinc wieder in die Stadt gefahren. Am Ende hatte er die Verfolger abgeschüttelt, zumindest glaubte er das. Er sagte: »Mach dir deshalb keine Sorgen. Ein alter Hase wie ich lässt sich von solchen Wichtigtuern nicht einschüchtern. Ich habe im Leben schon ganz andere Typen abgehängt.«

Tamás führte István die Treppe hinauf und stellte ihn Zsófia Doi und Anna vor, sie schüttelten sich die Hand. Dann gingen Tamás und István zurück zum Wagen. Es war ein hellblauer Lada – klein, im Inneren nur mit dem Nötigsten ausgestattet, aber sauber und gut in Schuss.

»Du hast alle Kreuzchen im Kopf?« István fragte, obwohl die Frage überflüssig war.

Tamás nickte und streckte István die Hand entgegen. Der verstand, was gemeint war, und zog eine Handfeuerwaffe aus der Innentasche seiner Jacke – den ungarischen Klassiker, die 96M P9RC, 9 Millimeter, dazu zwölf Schuss. Nicht viel, aber es würde genügen. Auch István hatte sich mit einer Pistole desselben Modells ausgerüstet.

Dann machte Tamás sich auf den Weg. Er hatte ein komisches Gefühl. Er vertraute István, aber sein Instinkt sagte ihm, dass es besser wäre, bei Zsófia Doi und Anna zu bleiben. Der Himmel war wieder zugezogen. Noch immer regnete es. Tiefe Pfützen bildeten sich auf der Straße und auf den Gehsteigen. Tamás fuhr in Richtung Stadt bis zum Népliget-Park.

Der kleine Park lag verlassen da. Die Bäume waren kahl, die roten Parkbänke verwaist. Vor dem Planetarium mit der maroden Kuppel standen zwei Sicherheitsleute mit schwarzen Mützen auf dem Kopf, sie rauchten und langweilten sich. Seine innere Unruhe quälte ihn noch immer. Er lenkte den Wagen an den Straßenrand und starrte für einen Moment gedankenverloren auf den Park.

Wenn er ehrlich zu sich selbst war, machte die Suche keinen Sinn, zumindest nicht für ihn. Béla Dois Geschäfte, die Kreuze auf der Karte, gingen ihn nichts mehr an. Aber er hatte sofort wieder Istváns Stimme im Ohr. Wenn er Zsófia Doi und Anna und sich selbst heil aus der Sache herausbekommen wollte, war Wissen Gold, zumindest jeden Fillér wert. Wissen war das Einzige, was sie wirklich beschützen konnte – und wenn er Glück hatte, würde dieses Wissen sich in Zukunft noch mit Zinsen und Zinseszinsen auszahlen. Er startete den Motor und fuhr weiter.

Tamás bog an der Busstation Népliget in die breite Könyves Kálmán körút ein. Kurz nach dem Park begannen die Industriebrachen, halb verfallene Fabrikschlote ragten in den Himmel, es gab Lagerhallen und endlose Mauern. Tamás zündete sich eine Zigarette an, István hatte ihm eine Schachtel Pall Mall mitgebracht. Asche fiel auf seine Hose. Er sah an sich hinunter. Er hatte an, was er im Sárkány Center gekauft hatte: Segelschuhe aus Synthetik, eine ausgewaschene enge Jeans und ein gefälschtes Trikot von Atalanta Bergamo. Er war gerüstet für einen langen Nachmittag.

Sein erstes Ziel lag am Stadtrand von Dunakeszi. Tamás war noch nie in dieser Satellitenstadt im Norden von Budapest gewesen. Sie war auch kein Augenschmaus. Triste Betonblöcke, ramponierte Statuen und heruntergekommene Gaststätten wechselten sich ab. Zwischen allem thronte, sprichwörtlich in der Mitte des Trabanten, das Benko-Werk, eine Fabrik noch aus sozialistischen Zeiten. An jeder Straßenecke und auf jedem Parkplatz war das altmodische ovale Logo des Fernsehgeräteherstellers zu sehen. Wie eine Plage, die die ganze Stadt befallen hatte.

In Révdülö verließ Tamás die M2. Hier, jenseits der sozialistischen Planbauten, wirkte die Satellitenstadt anders. Die Gegend war in ihrer Schlichtheit beinahe anmutig. Entlang der Straßen standen gepflegte, solide Bungalows aus Stein, umgeben von grünen Gärten mit knorrigen Apfelbäumen. Selbst im strömenden Regen waren diese Vororte ein angenehmer Anblick.

An der Donau kam dann ein harter Schnitt: Riesige oberirdische Stromtrassen ragten in den grau-schwarzen Himmel. Auf der Donau schoben sich langgestreckte Frachtschiffe mühsam gegen die Strömung. Dahinter regierte, wie schon in Dunakeszi, die Industrie: Eine Fabrik schachtelte sich in die nächste, dazu kam der dichte Rauch aus Schornsteinen, die unentwegt Blinkzeichen gaben. Alles war in dichten Nebel gehüllt. Am Ufer auf Tamás' Seite erstreckte sich auf matschigem Boden ein riesiger Vietnamesenmarkt entlang des Flusses, hunderte und hunderte Meter lang. Die Stände reihten sich, viele Meter breit, dicht an dicht. Der Wind peitschte gegen die Plastikplanen. Asiaten in bunten Regenjacken hüteten die Stände.

Tamás fuhr langsam den geteerten Weg entlang durch die Zeltstadt. Reihe für Reihe sah er immer das gleiche – Plastikschüsseln, Kleider, Telefone, gefälschte Markenartikel mit verdrehten Namen: Odidass, Ribohk, Naike, alles gefälschte Importware aus China, Vietnam, Bangladesch. Dann, in der Mitte, befand sich ein kleiner, unscheinbarer Stand mit asiatischer Suppenküche, flankiert von zwei stählernen ISO-Containern, rot lackiert, das Kennzeichen übermalt. Die Türen waren weit geöffnet, innen kistenweise Benzin, abgefüllt in Plastikkanistern. Minderwertiger Treibstoff zum halben Preis. Er fuhr weiter, doch was kam, war immer wieder dasselbe – Küchengeräte, gefälschte Fußballtrikots, Spielwaren, alles, was den kleinen Geldbeutel anzog.

Tamás fuhr bis zum Ende der Zeltstadt. Dann bog er wieder zur M2 ein. In Szödliget, gut zehn Minuten entfernt, war er endgültig auf dem Land: Breite, unebene Straßen wurden von halb niedergerissenen Zäunen aus Maschendraht eingerahmt, in den Gärten gackerten Hühner, auf den Straßen lagen plattgedrückte Pferdeäpfel. Er kam an einem kleinen Lebensmittelladen vorbei, vor dem sich die Kartoffelsäcke stapelten. Ihm wurde die Ware erst auf Ungarisch, dann auf Russisch angeboten. Tamás lächelte. Hier war Westeuropa so weit entfernt wie Wladiwostok von Moskau.

Kurz vor der E77 bog Tamás in einen kleinen Feldweg. Er blickte nach links auf ramponierte Häuser mit verwitterten Holzlatten davor, die meisten leer, weil die jungen Leute nach Budapest gezogen waren, und rechts auf matschige Wiesen, Büsche, Bäume, verrostete Zäune. Ein desolater Anblick, unbebautes Bauland, das niemand haben wollte.

Nach einigen hundert Metern gelangte er an eine hohe Betonmauer. Dahinter lag jener Ort, den Béla Doi auf der Karte markiert hatte. Von seiner Position aus konnte er das Gelände nicht einsehen. Langsam fuhr er die Betonmauer entlang. Der Eingang lag etwa hundert Meter entfernt. Er bestand aus zwei großen Stahlplatten, darüber Stacheldraht. Auch hier gab es keinen Hinweis, was es mit diesem Ort auf sich haben könnte. Keine Klingel, kein Schild, kein Name. Nur Stahl und Beton. Weit und breit keine Menschenseele.

Tamás wendete den Lada. Er fuhr wieder zurück, diesmal wollte er es anders versuchen. Er entschied sich, über die vorherige Abbiegung auf die Straße an der Rückseite des Geländes zu fahren. Von der Arhany Mihály út aus wollte er es noch einmal versuchen. Aber auch hinter den Einfamilienhäusern ragte die graue Mauer in die Höhe. Sie zog sich einmal um das gesamte Grundstück. Doch dann kam ihm eine Idee. Vor einem der Häuser brachte er den Wagen zum Stehen.

Es war ein unscheinbarer Bau aus den 1950ern mit Spitzdach und kleiner Veranda. Die Besitzer hatten an der Mauer eine Rutsche aus Holz und Metallteilen befestigt. Nicht hoch, aber hoch genug, um sich mit etwas Geschick nach oben zu ziehen. Drum herum wucherten Sträucher in alle Richtungen, die kahlen Äste bildeten ein fast undurchdringliches Gestrüpp.

Tamás stieg über den Zaun. Niemand war zu sehen. Das Licht im Inneren des Hauses war aus, die gehäkelten Gardinen zugezogen. Das Regenwasser aus der Dachrinne plätscherte in eine große grüne Tonne. Sie war randvoll, für jeden Tropfen, der hineinfiel, schwappte einer über den Tonnenrand und versickerte schließlich im Gras.

Tamás stieg mit Mühe die Rutsche hoch, schob die Äste beiseite. Die Leiter war glitschig, das Konstrukt Jahrzehnte alt, ein Wunder, dass es noch hielt. Oben auf der halbrunden Plattform angelangt, tastete er mit der Hand die Oberseite der Mauer ab.

Er spürte die scharfkantigen, lose in den Beton gedrückten Glasscherben. Er hatte trotzdem keine andere Wahl. Wenn er etwas sehen wollte, kam er um die Scherben nicht herum.

Tamás zog das durchnässte, blau-schwarz gestreifte Fußballtrikot aus und zerriss es. Die beiden Hälften wickelte er um die Hand. Dann griff er beherzt nach oben, zog sich leicht und behändig in die Höhe. Er spürte schnell, dass die Wickel nichts halfen. Die Glasscherben schnitten ihm tief in die Handflächen.

Oben angelangt, die Handflächen bluteten und die Muskeln zitterten, war der Blick frei auf das Gelände. In der Mitte der Brache stand ein kleines Haus, vermutlich ein Verwaltungsgebäude. Schräg gegenüber war eine Halle aus Wellblech in die hintere Ecke des Grundstücks gezwängt. Sie war relativ neu, höchstens drei, vier Jahre alt, große Industriefenster dominierten die Front. Tamás konnte aus dieser Entfernung kaum etwas im Inneren der Halle erkennen, nur Rohre und Fässer. In der Auffahrt, die er fast übersehen hatte, hantierten drei Männer in Jeans und Regencapes an zwei weiß lackierten Fahrzeugen ohne Aufschrift. Der Form nach handelte es sich um Transporter für Öl oder andere Flüssigkeiten.

Tamás ließ sich wieder herunter. Er hatte nicht viel gesehen, aber es war genug. Er ging zurück zum Wagen, warf die blutdurchtränkten Lumpen auf den Boden, holte seine schwarze Lederjacke vom Rücksitz und zog sie über den nackten Oberkörper. Er fror, es war kalt im Lada. Die Heizung brachte so gut wie nichts. Mit lädierten Händen startete Tamás den Wagen und drehte um, die M2 zurück nach Révdülö zum Vietnamesenmarkt.

Der Markt war mittlerweile gut besucht. Tamás ging durch die dicht gedrängten Reihen. Er kaufte einen roten Pulli aus einem Wolle-Synthetik-Gemisch und packte ihn in eine Plastiktüte. Einige Stände weiter fand er Jod, Alkohol, Kompressen und

Mullbinden. Das war alles, was er brauchte. Um sich zu verbinden, betrat er den Stand eines Stoffhändlers. Von hier aus konnte er die beiden stählernen ISO-Container sehen. Die Türen waren noch immer weit geöffnet. Zwei Verkäufer, auch sie in Regencapes, warteten im Container auf Kundschaft. Es dauerte nur ein paar Minuten, bis ein Wagen hielt, ein roter Hódgép Puli, die Karosserie verbeult. Der Fahrer kurbelte das Fenster herunter. Einer der Verkäufer wechselte ein paar Worte mit ihm. Zwei Kanister wurden in den Tank gefüllt, vier Kanister im Kofferraum verstaut. Dann reichte der Fahrer dem Verkäufer ein Bündel Forint-Scheine, der Verkäufer verschwand wieder im Container. Das Geschäft war abgewickelt.

Es dauerte nicht lange, bis der nächste Wagen kam, diesmal ein grauer Škoda Favorit. Die vom Regen nasse Windschutzscheibe verdeckte den Blick auf den Fahrer. Ein Mann stieg aus. Es war ein Asiate, dem Aussehen nach Chinese, vielleicht einer der Leute von den Ständen, vielleicht einer der Hintermänner, die die gefälschten Waren aus Fernost nach Ungarn schmuggelten. Männer wie er waren hier an jeder Ecke zu finden.

Tamás war mit dem Bandagieren der Hände fertig. Er kramte gerade den Pullover aus der Plastiktüte, als ein Tanklaster hielt – diesmal auf der anderen Seite der Container, dort, wo der Imbissstand, umgeben von Matsch und Pfützen, auf Kunden wartete. Aber das war kein Kunde. Es handelte sich um Nachschub. Der Tanklaster war weiß lackiert, ohne Aufschrift, es war eines der Fahrzeuge, die er vorher in Szödliget gesehen hatte.

Der Stoffhändler reichte Tamás ein Tuch, mit dem er sich die Hände abwischte. Sie sahen beide dem Treiben draußen zu. Der Fahrer des Lasters stieg aus und ging zu den Containern rüber. Einer der Verkäufer begleitete ihn zum zweiten Container, wo die leeren Kanister gestapelt waren. Gemeinsam trugen sie die Kanister hinaus und füllten sie mit dem Benzin. Der Andere bediente das Ventil. Der Verkäufer sorgte dafür, dass der Schlauch festsaß.

Das Ganze dauerte nicht lange, nur vier, fünf Minuten. Tamás zog die schwarze Lederjacke über den Pullover, gab dem Stoffhändler das Tuch zurück und bedankte sich. Als der Tanklaster wieder in der Regenwand verschwand, lächelte ihm der Händler zu und machte mit Zeigefinger und Daumen das Money-Money-Zeichen.

Tamás nickte. Tanklaster fuhren nach Sződliget zurück, andere kamen aus Sződliget hierher oder zu einem der anderen Verkaufsstände für das billige Benzin. Er wusste nun mit an Sicherheit grenzender Wahrscheinlichkeit, was es mit den Kreuzen auf Béla Dois Karte auf sich hatte: Béla Doi, der Anwalt der Mafia, hatte mit dem Handel im Schatten der Ölindustrie zu tun gehabt. Wirklich neu war ihm das Phänomen nicht. Seit Heizöl subventioniert wurde, hatte sich eine Schattenwirtschaft gebildet. Es war nicht schwer, aus dem rot gefärbten Heizöl Benzin zu machen und auf dem Schwarzmarkt zu verkaufen. Das Ganze war ein korrupter, undurchsichtiger Dschungel – und jene Journalisten, die darüber berichtet hatten, waren mittlerweile mundtot gemacht worden. Ein Fingerzeig der Mafiosi genügte. Es war ein gefährliches Metier.

Tamás machte sich auf den Weg zum nächstgelegenen Kreuz. Er fuhr entlang der Donau in Richtung Vác, das Ziel war der Vorort Kisvác. Eine weitere Stichprobe noch, dann hatte er genug in Erfahrung gebracht. Er fand die Verkaufsstelle keine fünfzig Meter von der Balassagyarmati út entfernt, einem Zubringer zur M2, in einer kleinen Seitenstraße. Rechts, in einem neuen Autohaus, reihten sich die Volkswagen und Audis aneinander, links stand der Parkplatz leer, dahinter waren unbebaute Rasenflächen, morsche Holzzäune, verrostete Straßenlaternen und eine verlassene Fabrik.

Die Verkaufsstelle war nur ein schäbiger, halb verlassener Container. Aber auch hier gab es Kundschaft: Zwei Kleinwagen warteten bereits, ein dritter bog gerade in die Straße ein. Wer in der Gegend wohnte, in Kisvác, Lajostelep, Szérűskert, wusste, woher er günstiges Benzin bekam.

Es war nicht nötig, weiter zu suchen. Er hatte das Geheimnis hinter Béla Dois Karte gelüftet. Was er damit anfangen konnte, wusste er allerdings noch nicht. Und welche Rolle der Anwalt dabei genau gespielt hatte, war auch nicht klar. Auf alle Fälle war es ein Millionengeschäft – und István mit seinen guten Verbindungen würde die ideale Anlaufstelle sein, um das meiste aus diesen Informationen herauszuholen.

15

Tamás war auf dem Rückweg von Kisvác. Er fuhr über die Außenbezirke und bog erst auf der Höhe des Flughafens auf die Ferihegyi Repülőtérre Vezető út, die schnurgerade in die Innenstadt führte. Er hatte noch etwas Zeit. Er wurde erst gegen 22 oder 23 Uhr zurückerwartet.

Tamás verließ die Straße und machte Halt vor einem Schnellrestaurant. Der Schriftzug »Gyorsétterem« über dem Eingang war einladender als das Gebäude selbst. Tamás blickte um sich. Das Schnellrestaurant war links und rechts von großen Hallen aus Wellblech umgeben. Auf der anderen Seite der Straße gab es einen Gebrauchtwagenhändler, dahinter ragte ein brutalistischer Hotelkomplex in die Höhe.

Tamás parkte den Lada neben einem roten Handwerkerfahrzeug, dann ging er in das Restaurant und setzte sich an einen Tisch am Fenster. Er strich sich mit der verbundenen Hand durch das immer noch nasse, wirre Haar und lächelte der Kellnerin am Tresen zu. Er bestellte Bier und Gulaschsuppe, eine klassische Kombination.

Während er an die Kreuze auf Béla Dois Karte dachte und überlegte, was er mit dem, was er gesehen und gelernt hatte, anfangen konnte, atmete er den typischen Duft alter ungarischer

Kneipen ein, dieses unverkennbare Gemisch aus Gulaschsuppe, kaltem Zigarettenrauch und abgestandenem Bier. Das Restaurant wirkte, als wäre es seit dreißig Jahren nicht mehr renoviert worden: Brusthohe, rustikale Holzlatten bedeckten die Wände, orangefarbene Sitzpolster machten das Sitzen auf den harten Stühlen angenehm, auf den wuchtigen Tischplatten klebte altes, süßlich riechendes Bier. Es hatten sich kaum Gäste hierher an den Rand der Schnellstraße verirrt. An den Wänden hingen ein paar Werbeplaketten und Fotos aus der Puszta, auch von Hortobágyi, für den Fall, dass es einen Touristen vom Flughafen hierher verschlug.

In der Ecke, neben dem Tresen, stand ein kleiner Fernsehapparat auf einem Beistelltisch. Es lief ein Fußballspiel mit den Ferencvarosi in grün-weißen Farben, der Gegner in rot-blau gestreiften Trikots. Zwei Elektriker, noch in voller Montur, mit verblassten blauen Latzhosen und T-Shirts, hingen am Bildschirm.

Die Kellnerin stellte ihm das Glas Borsodi und eine Schüssel Gulaschsuppe auf den Tisch. Sie blickte neugierig auf seine Hände, auf den weißen Mullbinden zeichneten sich Jod und getrocknetes Blut ab. Als er den Blick hob, wandte sie sich mit einem Achselzucken dem Nachbartisch zu. Draußen regnete es noch immer in Strömen. Die Autos schoben sich mühsam in Richtung Flughafen. Sein Magen brannte. Gierig schaufelte er die verkochte, leuchtend rote und rauchig-scharfe Suppe in sich hinein.

Dann schob er die leere Schüssel in die Tischmitte und nahm einen kräftigen Schluck Bier. Am Nachbartisch unterhielt sich die Kellnerin mit einer nachlässig gekleideten, hageren Gestalt vom Typus gealterter Universitätsprofessor. Wahrscheinlich hatten ihn seine politischen Ansichten oder seine mangelnde Anpassungsfähigkeit nach der Wende den Job gekostet. Der Mann war auf jeden Fall kein Aufschneider, dafür waren seine Worte zu gewählt und die Sätze, die er sagte, zu bedacht.

Als das Spiel in die Halbzeit ging, wurden die Nachrichten angesagt, die meisten Gäste wandten sich dem Fernseher zu. Die Nachrichtensprecherin, eine schlanke Fünfzigjährige, verkündete, dass Ministerpräsident Dániel Korvin am frühen Nachmittag wieder eine Pressekonferenz abgehalten hatte. Der Sozialdemokrat hatte sich allem Anschein nach zum Retter der Nation aufgeschwungen. Es war eine Kehrtwende um 180 Grad, aber Tamás wunderte das nicht. Zur Veranschaulichung zeigte der Sender Ausschnitte aus der Pressekonferenz. Dániel Korivn sagte dem organisierten Verbrechen den Kampf an. Mit hartem Gesichtsausdruck und entschiedenen Gesten versprach er angesichts des »eskalierenden Mafia-Kriegs« mit allen Mitteln durchgreifen zu wollen. Das ungarische Volk müsse von den Schmeißfliegen der Bandenkriminalität befreit werden. Die Polizei, das Militär, der Geheimdienst, alle staatlichen Kräfte sollten von nun an orchestriert zusammenarbeiten, die Kompetenzen gebündelt werden. Er werde dafür erhebliche Summen zur Verfügung stellen.

Tamás glaubte nicht an das, was er da hörte. Es waren die üblichen leeren Versprechungen. Er blieb noch ein wenig sitzen. Der verarmte Professor sagte spöttisch zu der Kellnerin: »Was, noch so eine große vaterländische Aktion?«, dann lachte er laut heraus. Die Kellnerin stimmte ihm zu, auch sie glaubte, dass die Regierung politischen Nutzen aus dem Unglück ziehen wollte. Die Regierung war in den letzten Monaten unter Druck geraten, der Fokus auf den EU-Beitritt hatte die anderen Konflikte kaum überdecken können.

Die Sonne war vor gut einer halben Stunde untergegangen, die Dämmerung der Dunkelheit gewichen – zumindest soweit es die grellweißen Glühbirnen über dem Eingang und die Straßenbeleuchtung zuließen. Tamás trank sein Bier aus – es war das dritte oder vierte – und zahlte. Dann verließ er das Restaurant und trat hinaus auf den Parkplatz. Istváns Lada stand einsam und verlassen neben dem roten Kleinbus. Es regnete noch immer, aber die feinen Fäden waren kaum noch auf der Haut zu spüren.

Tamás fuhr zurück zur Pension. Es war nicht weit, einige Kilometer entlang der Autobahn bis zum Sárkány Center. Die Gewerbegebiete auf beiden Seiten der Straße lagen bereits im Dunkeln. Es gab zwei, drei Schornsteine, an deren Spitzen Warnlichter blinkten. Die Straße vom Flughafen in die Stadt war nicht mehr so stark befahren wie noch vor zwei Stunden, um diese Uhrzeit starteten und landeten kaum noch Maschinen. Im Licht seiner Scheinwerfer fraß der Lada Meter um Meter das Band des dunkelgrauen, nassen Asphalts.

Am Sárkány Center, in dem noch immer die Lichter brannten, bog Tamás in die Felsőcsatári köz ein. Die Dunkelheit hatte sich auch über die Straßen und Gärten im Hinterland von Kispest gelegt. Obwohl es – zumindest für Tamás – noch nicht allzu spät war, trieb es um diese Uhrzeit in der Gegend kaum jemanden nach draußen. Die Irini Panzió war von den anderen kleinen Häusern in der Straße nicht zu unterscheiden.

In keinem der Zimmer brannte Licht, auch nicht oben, wo sich Zsófia Doi, Anna und István aufhielten. Unten an der Rezeption waren die Rollläden heruntergelassen. Tamás stellte den Wagen gegenüber der Einfahrt ab und stieg aus. Er starrte nach oben zum ersten Stock, auf die Fenster unter dem Satteldach, und den Baum, der wie abgestorben daneben in die Höhe ragte.

Tamás überquerte die Straße und klingelte an der Eingangstür. Er hörte, wie es im Inneren, keine zwei Meter von ihm entfernt, an der Rezeption leise schellte. Aber es tat sich nichts. Er trat einen Schritt zurück. Im Halbschatten des Türrahmens gab es ein kleines Tastenfeld für die Nacht. Er kramte in der Tasche.

Auf der Rückseite des Pensionsschlüssels fand er die Nummer eingraviert. 8150. Die Tür surrte, er drückte die Klinke nach unten.

Er blieb für einen Moment stehen, horchte in die Stille. Der alte Mann schien im Hinterzimmer zu schlafen. Warum ließ er kein Licht brennen? Es roch nach etwas undefinierbar Metallischem. Er kannte den Geruch. Vorsichtig, bemüht kein Geräusch zu machen, tastete er die Wand ab. Der Lichtschalter war neben dem Fenster. Er versicherte sich mit einer kurzen Bewegung, dass die Pistole in seiner Jackentasche an ihrem Platz war, dann drückte er den Lichtschalter mit einer kurzen, schnellen Bewegung nach unten.

Die Lampe über dem Tresen flackerte auf. Tamás sah, was er sah, aber nach all den Jahren, die er beim Militär verbracht hatte, zeigte er keine Reaktion: Auf dem Boden hinter dem Tresen, halb verdeckt von einem Stuhl, lag der alte Mann. Ein tiefer Schnitt zog sich durch die stoppelige Kehle. Das hervortretende Gewebe glänzte samtig-rot. Das Leinenhemd und der Teppich hatten das Blut nicht ganz aufgesogen.

Tamás ging zum ersten Stock hoch. Der Teppichboden dämpfte seine Schritte. Nur ein Notlicht brannte. Tamás drückte die Türklinke herunter. Die Tür war offen. Er versuchte, leise zu sein, obwohl er wusste, dass es sinnlos war. Das, was geschehen war, war vor Stunden passiert.

Tamás schaltete das Licht an. Auf dem Boden lag ein lebloser, blutverschmierter Körper. Der wuchtige Bauch und der massive Kopf waren unverkennbar. Es war István. Er hatte es nicht einmal geschafft, zur Pistole zu greifen.

Von Zsófia Doi und Anna keine Spur. Die Betten waren unberührt. Die Sporttaschen standen noch immer in der Ecke. Auf dem Boden lag die zerlesene Ausgabe von »Dörmögő Dömötör«. Noch immer badete auf dem Umschlag der lachende Bär mit seinen ebenso glücklichen Freundinnen in einem See.

Tamás fühlte den Puls an Istváns Halsschlagader, obwohl er wusste, dass er dem Freund nicht mehr helfen konnte. Er spürte, wie sein Magen rebellierte und seine Hände zitterten. Für den Bruchteil einer Sekunde entzog sich ihm der Boden unter den Füßen.

Als er sich wieder gefasst hatte, ging Tamás zurück ins Erdgeschoss, griff zum Telefon und wählte die Nummer von Kommissar Molnár, der irgendetwas wie ›Wenn das so weitergeht…‹ brummte. Tamás berichtete dem Kommissar kurz, was sich in seiner Abwesenheit zugetragen hatte. Derweil blickte er auf den Körper des alten Mannes, der vor ihm auf dem Boden lag. Ein blauer Schatten hatte begonnen, sich wie ein Schleier über der leblosen Haut auszubreiten. Der Tod, der sich im Umfeld von Béla Doi wohlzufühlen schien, hatte auch hier Einzug gehalten.

16

Tamás verbrachte den Rest der Nacht auf der Polizeistation in der Aradi út, nur zwei Querstraßen vom Bahnhof Nyugati pu entfernt. Zuerst döste er vor sich hin, verwahrt in einem abgeschlossenen, düsteren Warteraum, dessen Wände mit abwaschbarer gelber Farbe bestrichen waren. Irgendwann, nach zwei oder drei Stunden, holte ihn eine Hornbrille von Polizeibeamten ab und führte ihn in den Verhörraum.

Kurz darauf kam Kommissar Molnár. Er trug sein abgescheuertes schwarzes Jackett, die Krawatte hielt er in der Hand. Er bot Tamás eine Tasse Kaffee an. Tamás nahm dankend an. Der Kommissar schenkte die Tassen bis zum Rand voll, Milch und Zucker gab es nicht. Es war bereits kurz nach Fünf, weder tiefste Nacht noch früher Morgen, in eineinhalb Stunden würde die Sonne aufgehen.

Kommissar Molnár blickte Tamás traurig aus seinem aufgedunsenen Gesicht an. Die knollige Nase leuchtete wie ein dekorierter Weihnachtsbaum. »Warum haben Sie sich nicht früher bei mir gemeldet?«

Da Tamás nicht antwortete und der Kommissar die Antwort selber kannte, lehnte Molnár sich seufzend auf dem Stuhl zurück. Er nahm einen Schluck von dem Kaffee. Seine Augen waren gerötet. Das grobporige Gesicht wirkte fahl im hellen Licht der Deckenlampe. »Mein lieber Livermore, Sie scheinen das Pech anzuziehen. Zuerst kommt Ihr Auftraggeber bei einem Bombenattentat ums Leben. Jetzt erschießt die Mafia einen Freund, vermutlich den einzigen, den Sie haben, und entführt die Leute, die Sie beschützen sollten. Ich möchte nicht mit Ihnen tauschen.«

Tamás blickte ausdruckslos auf das Mikrofon. Es stand zwischen ihnen, leicht seitlich versetzt, auf dem Tisch.

Der Kommissar fuhr fort: »Die Sache mit István Lakatos tut mir leid. Sie sollten wissen: Ich habe ihn gekannt, den armen Kerl.«

Tamás horchte auf. Aber er ließ sich nichts anmerken. Er wusste, dass István Bekannte bei der Polizei gehabt hatte. Sie waren früher seine Lebensversicherung gewesen. Aber was Molnár ihm zu sagen hatte, war etwas anderes.

»István und ich, wir haben uns in Tatabánya kennengelernt. Kennen Sie Tatabánya, den alten Olympiastützpunkt?«

Tamás nickte.

»Ich war früher Läufer, ungarischer Meister im 400-Meter-Lauf, Vierter bei den Olympischen Spielen in Moskau. Können Sie sich das vorstellen?« Der Kommissar grinste. Er wies mit der Hand auf seinen fleischigen Bauch. »Als einer der wenigen bin ich im Polizeidienst gelandet.«

Molnár bot Tamás eine Zigarette an und gab ihm Feuer: »Wie auch immer: Mein lieber Livermore, so wie es aussieht, hat sich der Fall für Sie erledigt. Jetzt bin ich am Zug. Jetzt ist die Polizei am Zug. Aber ich habe das Gefühl, dass Sie mir etwas mitteilen wollen. Weil Sie etwas wissen, das mich interessieren könnte.« Er faltete die fleischigen Hände über dem Bauch zusammen. »Also, schießen Sie los. Ich bin ein guter Zuhörer«.

Tamás nahm einen tiefen Zug. Dabei sah er sich in dem Raum um. Das trübe Glas an der Wand war verspiegelt, an der Decke reihten sich quadratische Styroporplatten aneinander, hier und dort hingen Staub- und Spinnenfäden, an mehreren Stellen hatte ein Wasserschaden dunkelbraune Flecken hinterlassen. Der Raum sah aus, wie vermutlich alle Verhörzimmer auf dieser Welt aussehen, zumindest hier in Osteuropa: hoffnungslos und lebensfeindlich. Dazu gemacht, die Menschen in ihnen zu zermürben. Und in diesem Raum wurden schon viele zermürbt. Tamás' Blick blieb an der verspiegelten Glasscheibe hängen.

Ihre Blicke trafen sich in der Spiegelung. Molnár nickte betont verständnisvoll. »Ich verstehe Sie, Livermore.« Er lächelte. Es sollte ein nichtssagendes Lächeln sein. Aber als sie sich beim Aufstehen in die Augen sahen, wusste Tamás, dass sie sich bestens verstehen würden.

Molnár begleitete ihn bis zum Ausgang. Der Kommissar legte ihm die Hand auf die Schulter. Es war eine kleine väterliche Geste. Aber sie hatte etwas freundschaftliches. Dann fügte er hinzu: »Wenn Sie reden wollen, lassen Sie uns nachher um 9 Uhr im Éden frühstücken. In der Stadt finden sie kein besseres Frühstück.« Molnár verschwand wieder in der Polizeistation. Die massive Holztür schloss sich hinter ihm.

Die Aradi út mit ihren schmalen, mit Polizeiwagen vollgeparkten Gehsteigen lag verlassen da. Alles hier war verschlissener K.u.k.-Altbau, mit bröckelndem Putz, Taubenkot und vergitterten Fenstern im Erdgeschoss. Der verhangene Himmel bekam langsam Farbe. Ein kalter Wind fegte durch die Straße.

Tamás machte eine Ausnahme und nahm am Nyugati pu ein Taxi. Sein Büro sah nicht aus, als wäre es durchsucht worden. Nachdem er geduscht und sich frisch gemacht hatte, legte er Zsófia Dois und Annas Kleider zusammen, verstaute sie in deren Koffer und schob ihn unter das Sofa. Danach machte er sich eine Tasse kräftigen, bis zum Anschlag säuerlichen Instantkaffees. Es brannten immer mehr Lichter in den Wohnungen auf der anderen Straßenseite. Ein neuer Tag war angebrochen.

Zwei Stunden später fuhr Tamás mit der Metro zum Blaha Lujza tér. Das Eden, ein Vierundzwanzig-Stunden-Nachtclub, lag in der Dohány utca, nicht weit vom inneren Ring und dem Café New York entfernt, mitten im abgasgeschwärzten Pomp der Pester Altstadt. Der Kommissar saß im hinteren Bereich des Nachtclubs. Der Sitzplatz war gut gewählt, von hier hatte er den besten Blick auf die Tanzfläche. Auf dem Weg dorthin ging Tamás an den glänzenden Metallstangen vorbei, an denen sich bereits zwei leichtbekleidete Frauen räkelten. Ihre Bewegungen waren mechanisch, einstudiert, heruntergeleiert wie von Schauspielern, die in einem Provinztheater die ewig gleichen Stücke spielen.

Der Kommissar frühstückte bereits. Vor ihm standen Kaffee, Rühreier, gebratener Speck, Bohnen, Toastbrot, Marmelade. Er wirkte übermüdet, hatte aber offensichtlich einen gesunden Appetit.

Tamás folgte Molnárs Empfehlung und bestellte bei der Kellnerin dasselbe. Die flackernden Lichter der roten und blauen Neonröhren an den Wänden bereiteten Tamás schon jetzt Kopfschmerzen, genauso wie die Musik. Es war dasselbe Gewummer, wie er es von seinem Küchenfenster kannte, wenn der Stripclub auf der anderen Straßenseite die Musik hochdrehte. Noch immer irritiert von der grellen Umgebung, kam er zur Sache, ohne lange drumherum zu reden: »Wie gut haben Sie István gekannt?«

Der Kommissar nahm einen Schluck Kaffee und sah ihn mit leicht geröteten Augen an. Erst jetzt bemerkte Tamás, dass Molnár eine Entzündung am rechten Lid hatte.

Der Kommissar, während er weiterkaute, antwortete: »Damals, in den 70ern, haben wir uns oft gesehen. Aber das ist lange her. Wir haben uns aus den Augen verloren.« Er blickte für einen Moment gedankenverloren auf die Tanzfläche. »Ich denke, wir haben uns das letzte Mal vor zehn Jahren gesehen. Für einen Mann wie mich war es schon damals nicht gut, sich mit ihm blicken zu lassen.«

Tamás betrachtete die Art, wie der Kommissar beim In-den-Mund-Schaufeln das Besteck benutzte. Es war ein etwas derber, handfester Vorgang, wie man ihn oft auf dem Land sah. Dann sagte er: »Kann ich Sie als Freund eines Freundes betrachten?«

Der Kommissar nickte. »Tun Sie das, mein lieber Livermore.«

»Dann lassen Sie mich offen fragen: Warum wollen Sie mit mir unter vier Augen sprechen?«

Die Miene des Kommissars verdüsterte sich schlagartig. Die fetten Wangen hingen schlaff herunter. Tamás wusste nicht, ob es ein Ausweichen war, als der Kommissar, ohne ihn anzusehen, sagte: »Es ist eine unschöne Geschichte.« Er kniff die Augen zusammen. »Sie ahnen nicht, was bei uns in den Behörden gerade abläuft. Haben Sie die Rede von Dániel Korvin gehört?«

»Nur in Ausschnitten.«

»Er meint es ernst. Aber anders als die Leute glauben.« Der Kommissar nahm einen Bissen vom Marmeladentoast und wischte sich den Mund mit der Serviette ab.

Tamás wartete geduldig.

»Es ist eine politische Geschichte«, begann Molnár wieder und faltete die Serviette penibel zusammen. »Der Chef des Amts für Nationale Sicherheit kann gut mit dem Ministerpräsidenten. Sie sind alte Freunde. Dániel Korvin hat sich vorgenommen, seinen Stil zu ändern, die Dinge endlich in die Hand zu nehmen.«

»Ich habe davon gehört, die Medien sind voll davon.«

Molnár nickte. »Der Geheimdienst hat ihm versprochen, mit der Unterwelt aufzuräumen. Deshalb haben sie uns, den ganzen Polizeiapparat, an die Leine gelegt.«

»Und was sagt der Polizeipräsident dazu?«

»Sie meinen, weil er ein Liberaler ist? Das macht in dem Fall keinen Unterschied.« Molnár zuckte die Schultern. »Er schweigt.

Natürlich, auf der einen Seite ist das Ganze gegen die Verfassung. Aber wer setzt wegen so etwas schon seine Pension aufs Spiel? Man wird nicht Polizeipräsident, wenn man nicht politisch denken kann.«

Tamás zündete sich eine neue Zigarette an. »Ein schönes Land, in dem wir leben.«

Der Kommissar verzog die Mundwinkel. »Es ist eine Vendetta – das Amt für Nationale Sicherheit dirigiert, die Polizei spielt den Handlanger. Glauben Sie mir, für einen Mann wie mich ist das keine schöne Position.«

»Und was für Vorteile hat Korvin bei der Sache?«

»Das weiß nur der liebe Gott. Egal was seine Absichten sind, das Resultat wird sowieso dasselbe sein: Die Mafia steht bald mit dem Rücken zur Wand.«

Die Kellnerin beugte sich über das Geländer und stellte Tamás' Frühstück auf den Tisch. Dabei drückte sie ihm ihre prallen Silikonbrüste fast ins Gesicht.

Tamás lehnte sich zurück, nahm einen Schluck Kaffee und blickte den Kommissar über den Tassenrand hinweg an. »Und Sie, Herr Molnár, Sie haben in dem Spiel Ihre eigene Agenda?«

Der Kommissar lächelte. »Ich bin ein einfacher Mann aus der Provinz. Um in der Hauptstadt zu überleben, braucht jeder eine eigene Agenda.«

Tamás wollte ansetzen, etwas zu sagen. Dann hielt er kurz inne. Nach einigen Sekunden sagte er: »Geht das so einfach, die Mafia zu überrumpeln?«

»Wenn der Staat alle Ressourcen darauf verwendet? Ja. Der Staat macht sich nur meistens kleiner als er ist, es ist eine schlechte Angewohnheit.«

Tamás musterte den Kommissar neugierig. »Und ist es so einfach, als Behörde, Strafbefehle am Fließband auszustellen?«

Ein Lächeln breitete sich über Molnárs Gesicht aus. Das matte Gelb seiner Zähne wurde für einen Moment sichtbar. »Je mehr Sie fragen, umso mehr scheinen wir uns zu verstehen. Es gibt Listen mit Namen. Sie sind dutzende Seiten lang. Jeder Name ist einem Verbrechen durch die organisierte Kriminalität zugeordnet: Zuhälterei, Drogenhandel, Glücksspiel, Kreditkartenbetrug, Autoschieberei, was auch immer. Wir verhaften die Leute, komme, was wolle. Die Operation läuft seit zwei Tagen. Wir hatten übrigens auch Béla Doi im Visier.« Der Kommissar blickte Tamás verschmitzt, gleichzeitig bedeutungsvoll an. Dann griff er sich eine Zigarette aus der Schachtel. »Wir haben Leute aus dem Umfeld von Lél Sipos verhaftet, aber wir ermitteln auch gegen die Malina und die Tambowskaja. Korvin macht keinen Unterschied zwischen ungarischer, russischer oder ukrainischer Mafia. Nur bei der ungarisch-slowakischen Mafia im Norden, da drückt er ein Auge zu. Es hat eben jeder einen blinden Fleck.« Molnár grinste – es war das Grinsen eines alten, der Illusionen überdrüssig gewordenen Wolfs.

Tamás blickte auf Molnárs fettige Finger. Er fragte: »Was denken Sie über den Fall ›Béla Doi‹?«

Der Kommissar wischte sich die Finger zum x-ten Mal mit der Serviette ab und legte sie wieder zusammen. »Wenn ich Ihnen meine ehrliche Meinung sagen soll, dann müssen Sie mir ein wenig entgegenkommen. Anders geht es nicht.«

Tamás nickte. »Ich werde es versuchen.«

Der Kommissar fuhr fort: »Das Bekennerschreiben der Malina ist eine Farce. Es ist die reinste Schmierenkomödie. Wir haben Spuren gefunden, unter anderem in die Slowakei. Es wurde derselbe Sprengstoff benutzt wie bei Attentaten in Bratislava, alle sind mit der Mafia in Verbindung gebracht worden. Zählt man eins und eins zusammen, ergibt sich ein toxisches Gemisch. Es fängt bei Dániel Korvin und dem ungarischen Geheimdienst an und führt bis zur ungarisch-slowakischen Mafia…«

»Den Balassagyrmaten?«

»Niemand anderes. Dániel Korvin kommt aus der Gegend, er hat eine besondere Schwäche für sie. Das trifft aber auch auf den slowakischen Geheimdienst zu. Diese Mischung ist nicht nur toxisch, sie hat auch etwas Explosives.«

Tamás ließ sich vom Kommissar eine weitere Zigarette reichen. »Und weil Ihnen die Hände gebunden sind, brauchen Sie jemanden wie mich?«

Molnár gab ihm nun auch die Streichholzschachtel. Seine Augen leuchteten dabei. »Es ist kompliziert – aber Sie haben nicht ganz Unrecht.«

Tamás zündete sich die Zigarette an und schob dem Kommissar die Streichholzschachtel über die Tischplatte zurück. Nach einem langen Zug sagte er: »Werden Sie in dem Fall offiziell weiter ermitteln?«

Der Kommissar blickte ihn lange an. »Nein, der Fall ›Béla Doi‹ gilt als abgeschlossen, wie andere Fälle davor auch. Das heißt aber nicht, dass wir niemanden verhaften. Das ›toxische Gemisch‹ hat sich ein paar Namen einfallen lassen, alle aus dem Umfeld der Malina: Arkadij Bondarchuk, Sava Ponomarenko, Stepan Dudnyk – lauter kleine Fische, Schlepper aus der zweiten und dritten Reihe. Sie werden in den nächsten Tagen verhaftet. Es ist die reinste Farce – und der Geheimdienst lacht sich ins Fäustchen.«

»Und die Dinge, die heute Nacht passiert sind?«

»Tja – zwei Morde mehr und eine Entführung. Was macht das für einen Unterschied?« Molnár atmete hörbar aus. »Das ist nur ein Anlass mehr, noch ein paar Kleinkriminelle ins Gefängnis zu stecken.«

Tamás fuhr sich mit der Hand durch das lange, ungekämmte Haar und strich sich nachdenklich über den Schnauzbart. »Werden die beiden trotzdem gesucht?«

»Die beiden Dois?« Molnár schüttelte den Kopf. »Nach außen ja, in Wirklichkeit, hinter den Kulissen, leider nein. Entweder sie tauchen von selber wieder auf, oder eben nicht. Sie wären nicht die ersten, die verschwunden bleiben.«

Tamás spürte einen Druck in der Magengegend. »Gibt es etwas, das ich tun kann?«

»Man kann immer etwas tun. Und das schöne ist: Sie werden es auch für mich tun.« Der Kommissar lächelte ihn mit seinen wulstigen, zersprungenen Lippen an. »Ich weiß, dass Sie Janós Varga treffen wollten. Der arme Kerl. Ich weiß keine Details. Aber ich habe gehört, dass der junge Ikarus der Wahrheit zu nahe gekommen ist. Und ein Vögelchen hat mir gezwitschert, dass Ihr Auftraggeber, Béla Doi, und das, was Janós Varga herausbekommen hat, auf die eine oder andere Weise zusammenhängen.«

»Hat es mit dem gepanschten Öl zu tun?«

Molnár nickte. »Eine Hand wäscht die andere. Helfen Sie mir – und Sie helfen sich selbst«

»Ein etwas schiefer Vergleich, finden Sie nicht?«

Der Kommissar schürzte ironisch die Lippen. »Aber er ist in Ihrem Sinne, nicht wahr? Gehen Sie zu Vivien Lukács. Sie war eine Bekannte von Janós Varga. Sie kann Ihnen helfen.« Dann lockerte er den Gürtel ein wenig und lehnte sich zurück. Er blickte schweigend auf die Tanzfläche und sagte noch einmal: »Merken Sie sich den Namen: Vivien Lukács. Sie finden Sie bei der Népszabadság.«

Das Gespräch war beendet. Hatte der Kommissar in der Villa der Dois seltsam provinziell und aus der Zeit gefallen gewirkt, gab er sich hier ganz anders. Tamás wusste nicht, was es war, aber Molnár sah aus, als wäre er gerade einem der alten, düsteren Hollywoodfilme aus den 40ern entstiegen, oder einem dieser französischen Kriminalfilme aus den 70ern, in denen Alain Delon, Jean Gabin oder Yves Montand die Hauptrollen gespielt hatten.

17

Vivien Lukács arbeitete, wie früher Janós Varga, bei der Tageszeitung Népszabadság, allerdings in einem vollkommen anderen Ressort: dem Klatsch-und-Tratsch-Teil.

Die Redaktionsräume des Népszabadság waren kleiner als Tamás erwartet hatte. Sie bestanden aus vier Zimmern, vollgestellt mit Trennwänden und Korktafeln, dazwischen tummelten sich gut zwei Dutzend Journalisten. In den Ecken stapelten sich alte, teilweise zerfledderte Ausgaben der Zeitung, die von den Reportern und Volontären wohl als Referenz und Recherchehilfe genutzt wurden. Die Kaffeemaschine brummte. Die meisten Journalisten waren gerade aus der Mittagspause zurückgekommen.

Eine Sekretärin führte Tamás zu dem Büro, in dem der Gesellschaftsteil und das Panorama untergebracht waren. Der Raum ging zur Fúto út und war kleiner als die anderen Räume. An der Wand hingen Schwarz-Weiß-Fotos, die meisten zeigten ungarische Film- und Fernsehstars, den Glanz alter Tage. In dem Raum saßen drei Journalistinnen. Sie blickten auf, als Tamás das Büro betrat.

Vivien Lukács war füllig. Sie hatte kurze weiße Haare und einen etwas zu breiten, schmalen Mund, der nicht so recht in das

Gesicht passen wollte. Sie bat ihn, sich an den kleinen Konferenztisch am Fenster zu setzen.

Tamás blickte für einen Moment nach draußen, durch die Fensterscheibe auf die bröckelnde Fassade des Nachbarhauses. Die meisten Vorhänge dort waren zugezogen, unten befand sich ein Geschäft für Brautmoden. Im Schaufenster reihten sich Puppen in Hochzeitskleidern aneinander.

Vivien Lukács hörte sich an, was Tamás zu berichten hatte. Dann sagte sie: »Wenn Molnár Ihnen vertraut, tue ich es auch. Ich möchte nur eines wissen. Wären Sie bereit, den Boten in einer Angelegenheit zu spielen?«

Tamás blickte sie fragend an.

»Die Story wird in Ungarn nicht erscheinen können. Es geht nicht darum, was mit Janós passiert ist. Es ist noch viel mehr im Gange.« Sie nahm einen auf dem Schreibtisch liegenden Kugelschreiber mit dem Logo der Népszabadság in die Hand und drückte den silbernen Knopf nach unten. Mit etwas gedämpfter Stimme fuhr sie fort: »Die Regierung hat längst begonnen, die Medien aufzukaufen – Zeitungen, Fernsehsender, den Rundfunk. Alles, was nicht niet- und nagelfest ist, geht an Beteiligungsgesellschaften der Korvin-Leute. An Strohmänner.«

Tamás blickte stumm auf den Kugelschreiber in Vivien Lukács' Hand. Der Kommissar schien Recht zu haben: Dániel Korvin wollte tatsächlich das ganze Land unter seine Kontrolle bringen. Allerdings nicht nur mit Blick auf die Unterwelt, sondern auch dort, wo das Licht der Öffentlichkeit am hellsten war, ja überhaupt erst zu strahlen anfing: in den Medien.

Die Reporterin legte den Stift beiseite. »Sie werden sich fragen: Warum geht sie nicht selbst zu einer der Zeitungen im Ausland? Janós hatte ja immerhin bereits Kontakte zum Guardian und der New York Times.« Sie stand auf und holte den Mantel aus der Garderobe, einen groben, alten aus senffarbener Baumwolle. »Ich sage es Ihnen: Es kann nicht jeder den Helden spielen.« Sie nahm den Schal aus dem Ärmel und schlang ihn sich um den Hals. Dann fuhr sie fort: »Geh'n wir. Wir dürfen keine Zeit verlieren. Ich muss sowieso ein paar Dinge in der Stadt erledigen.«

Sie fuhren in Vivien Lukács' gebrauchtem Opel zu János Vargas Wohnung in Buda, nicht weit vom Moszkva tér und der Margaretenbrücke entfernt. Tamás sah sich mehrmals um, aber er konnte nichts Auffälliges in dem dichten Verkehr erkennen.

János Vargas Wohnung lag in der Bimbó út. Die Mietshäuser thronten oberhalb der Straße, waren nach hinten versetzt und nur über kleine, recht steile Treppen zu erreichen. Von seiner Wohnung im Erdgeschoss führte eine Tür in den Garten mit Sträuchern und alten Apfelbäumen. Bevor sie in das Haus gingen, sagte Vivien Lukács ihm kurz, wer János Vargas Frau war, denn sie war nicht irgendjemand. Sie gehörte zur Haute volée des Budapester Geisteslebens. Sie war nicht nur, wie ihr Mann, eine Intellektuelle. Sie war auch die uneheliche Tochter eines bekannten Schriftstellers und Publizisten aus der Zeit von Glasnost und Perestroika.

Eszter Varga bat Tamás und die Journalistin einzutreten. Sie trug ein schlafendes Kleinkind im Arm und schüttelte ihnen an der Türe umständlich die Hand. Sie war noch immer blass, aber wirkte gefasst, wenn auch etwas distanziert. Überall in der Wohnung waren die Flügeltüren geöffnet, das Tageslicht durchflutete die Räume. In der Mitte des Wohnzimmers waren ein Diwan und mehrere Sessel um einen kleinen, filigranen Beistelltisch gruppiert. Entlang der Wände reichten die vollgestopften Bücherregale bis zur Decke. In der Ecke stand ein altes Schaukelpferd. Während sie das Kind in die Wiege legte, sagte Eszter Varga: »Sie werden nicht viel finden hier, die Polizei hat schon alles durchsucht.«

»Wissen Sie, wer von der Polizei hier war? War es ein gewisser Kommissar Molnár?«

Eszter Varga sah ihn überrascht an. »Sie kennen ihn?«

»Das wäre zu viel gesagt. Ich bin ihm – oder er mir – über den Weg gelaufen.«

Eszter Varga sah zu Vivien Lukács. Die nickte aufmunternd und sagte: »Du kannst ihm vertrauen. Alles, was wir brauchen, ist der Schlüssel.«

Die Frau des verstorbenen Journalisten ging zum Bücherregal und griff nach einem Schuhkarton. Er war ganz unten im Eck zwischen mehreren Bildbänden eingeklemmt. Der Schuhkarton war alt, auf dem vergilbten Deckel war das Logo einer längst verschwundenen Schuhfabrik eingeprägt.

Eszter Varga kontrollierte die Schlüssel Stück für Stück. Manche waren uralt, antik, an einigen Stellen schon angerostet. Andere sahen neuer aus, sie glänzten noch immer, als wären sie gerade erst poliert worden. Es gab große Schlüssel und kleine, dicke und dünne, gebogene und unscheinbare, Ansatzschlüssel, Zylinderschlüssel, Kreuzbartschlüssel. Tamás hatte noch nie so viele Schlüssel auf einem Haufen gesehen.

Eszter Varga, die weniger trauernd wirkte als Tamás erwartet hatte, lächelte einmal kurz, während sie einen der Schlüssel wieder zurücklegte und weitersuchte. »Er hat Schlüssel gesammelt, es war so etwas wie ein Tick. Wenn er auf Flohmärkten oder in einem Laden einen Schlüssel gesehen hat, hat er ihn sich geholt.«

»Und der Kommissar hat sich nicht für die Schlüssel interessiert?«

»Ich habe ihm die Geschichte von János' Sammlertick erzählt.«

»Und Molnár hat sich damit zufriedengegeben?«

Sie zuckte die Achseln und suchte weiter, bis sie den richtigen Schlüssel gefunden hatte. Er war länglich, fast schwarz und unscheinbar.

Eszter Varga sagte zu Vivien Lukács: »Geh du mit ihm. Ich bleibe beim Kleinen.« Dann schüttelte sie Tamás zum Abschied die Hand. Sie holte das Kind wieder aus der Wiege und streichelte ihm die Wange.

Auf dem Weg nach oben zum Dachgeschoß verriet die Journalistin Tamás, dass Eszter Varga seit mehr als einem halben Jahr getrennt von ihrem Mann gelebt hatte – auch wenn die beiden in engem Kontakt geblieben waren. Die breiten, ausladenden Stufen knarzten bei jedem Schritt.

Der Dachboden war ein großer Raum, unterbrochen nur von kräftigen Stützbalken. Durch die schmalen Fenster fiel kaum Licht. In Areale aufgeteilt standen Möbel und Kisten, die meisten verdeckt unter großen Planen und Decken. Ein schwerer, muffiger Geruch lag in der Luft, aber Tamás konnte auch das alte, noch immer atmende Holz riechen.

Vivien Lukács ging unbeirrt auf eines dieser Areale zu. Sie schlug die Plane zurück. Zum Vorschein kam ein schwerer alter Schrank. Sie steckte den Schlüssel in das Schloss und öffnete die Tür.

Unten auf dem Boden lagen, fein säuberlich gestapelt, Papiere und Akten, daneben eine leere gelbe Plastiktüte. Vivien Lukács stopfte die Unterlagen in die Plastiktüte und drückte sie Tamás in die Hand. »Das ist jetzt Ihre Aufgabe, Herr Livermore.«

Tamás wog den Packen Papier in der Hand. Er blieb stehen und sagte, während sie den Schrank abschloss: »Eines möchte ich gerne wissen: Warum gerade ich?« Er blickte ihr dabei in die Augen. »Warum vertrauen Sie mir?«

»Sie sind die beste Chance, die ich sehe. Diese Dokumente«, sie wies mit der Hand auf das Bündel in Tamás' Hand, »sind eine Bürde. Ich könnte zwei, drei Jahre warten, bis sich der Wind gelegt hat und sie dann einem Bekannten geben.« Sie zuckte mit den Schultern. »Aber das möchte ich weder Eszter noch mir antun. Unsicherheit ist nichts für Menschen wie uns. Was die politische Einstellung angeht, waren Eszter und János immer auf einer Linie, sie waren immer loyal zueinander. Aber wenn es um Risiken geht, da –«. Sie seufzte und brachte den Satz nicht zu Ende.

»Und jetzt soll ein anderer das Risiko eingehen?«

»Für Sie ist es ein wohl kalkuliertes Risiko. Es ist ein Mittel zum Zweck. Ziehen Sie aus den Unterlagen, was Sie benötigen, und sorgen Sie dafür, dass es den richtigen Leuten in die Hände fällt. Ich denke, wir werden alle davon profitieren.«

Tamás blickte auf die Dokumente in seiner Hand. Sie waren schwer, ein ganzer Batzen. Vieles davon waren Kopien, Abschriften, Notizen. Es gab auch einige Zeitungsartikel, sorgfältig zusammengefaltet und mit einem Klebstreifen verschlossen.

Die Wahrheit, was auch immer die Wahrheit war, befand sich in diesem Stapel. Es war das einzige, was er im Moment sprichwörtlich in den Händen hielt. Es war nicht weniger als das Erbe von János Varga.

18

Tamás verließ Janós Vargas Wohnung ohne Begleitung. Vivien Lukács war bei der Witwe geblieben. Unter dem Arm trug er die Unterlagen, noch immer eingewickelt in die gelbe Julius-Meinl-Tüte. Es war mittlerweile später Nachmittag.

Tamás stieg die Stufen zur Bimbó út hinab. Die Straße lag ruhig und verlassen da. Kahle Bäume und mit Plakaten zugekleisterte Litfaßsäulen säumten den Weg. Nur in einer Telefonzelle stand ein Mann mit rot-orange gestreifter Krawatte und telefonierte. Er fühlte sich beobachtet und drehte Tamás den Rücken zu. Tamás beachtete ihn nicht weiter und ging die gewundene Straße hinab zur Margit körút. Er wollte mit den Unterlagen auf keinen Fall ins Büro gehen. Also ging er in Richtung der Stadtbibliothek am Honvéd tér – sie lag in Pest, auf halber Strecke zwischen dem Parlament und der inneren Ringstraße, nicht weit von der Margaretenbrücke entfernt. Dort, fernab seines Büros, würde ihn niemand suchen.

Der Himmel wurde von Minute zu Minute dunkler. Pechschwarze Wolken zogen auf. Der Wind wurde stärker. Es fielen erste Regentropfen. Tamás sah sich immer wieder um. Am Übergang der Bimbó út zur Keleti Károly utca und Margit körút, halb versteckt hinter einer Trambahnhaltestelle, fiel sein Blick auf einen grauen Nissan Almera. Das Fahrzeug parkte vor einem Haushaltswarenladen mit Porzellan und Kristallvasen im Schaufenster. Zwei Männer standen daneben und rauchten. Im Grunde war es nichts Auffälliges, doch den Almeras eilte ein gewisser Ruf voraus. Es war ein offenes Geheimnis, dass der Nissan Almera das Lieblingsfahrzeug des ungarischen Geheimdienstes war, des Amts für Nationale Sicherheit, besonders das Modell Fünftürer ohne Stufenheck. István hatte ihm von einem Spruch aus dem Kreis der Zuhälter in den Außenbezirken erzählt: »Wenn du einen Almera siehst, ist es Zufall. Wenn du zwei siehst, ruf deinen Anwalt an. Bei dreien fang an zu laufen, so schnell du kannst.«

Tamás zog die Schultern hoch und ging die Margit körút weiter Richtung Donauufer, vorbei an der lange nicht mehr renovierten Franziskanerkirche. Es regnete wieder in Strömen. Die Autos schalteten die Lichter ein. Aus allen Richtungen waren das Tropfen und Plätschern der Wasserströme zu hören, sie bahnten sich ihren Weg von den Dächern bis hinunter in die Kanalisation. Die meisten Passanten suchten Unterschlupf in den Hauseingängen und unter Balkonvorsprüngen.

Tamás ging in einen Zeitschriftenladen am Gyóni Géza tér, nur noch einen Steinwurf von der Donau entfernt. Er kaufte einen Mars-Riegel und einen dampfenden schwarzen Tee im Plastikbecher, einfach, um irgendetwas zu kaufen und Schutz vor dem Wolkenbruch zu finden. Als der Regen nachließ, verließ er das Geschäft. Die schmalen Gehwege links und rechts waren etwas belebter geworden. Die Leute wollten nach Hause. In den zahllosen kleinen Geschäften brannten jetzt die Lichter.

Tamás, vorsichtig geworden, ließ den Blick schweifen – und tatsächlich: In einem schmalen Hauseingang neben einem Elektroladen erkannte er den Mann aus der Telefonzelle wieder: der abgetragene Trenchcoat, die rot-orange gestreifte Krawatte. Er war unverkennbar. Doch das war nicht alles. Auf der anderen Straßenseite stand wieder ein Almera, diesmal in Dunkelblau. Schon der zweite. Die Konturen des Geheimdienstes wurden immer sichtbarer.

Tamás ging zu Fuß weiter über die Margaretenbrücke in Richtung Pest. Links und rechts perlten dicke Regentropfen über die gelben Geländer, vom Wind über die Wasser der Donau gepeitscht. Tamás war klitschnass, er spürte, wie sein T-Shirt an der nackten Haut klebte. Immerhin waren die Unterlagen gut geschützt, der Plastiktüte sei Dank. Tamás beugte sich über das schmale Geländer und sah nach unten. Das Wasser brach sich hart an den Pfeilern der Brücke. Die Kraft, die dort herrschte, war gewaltig.

In diesem Moment fuhr der graue Almera an ihm vorüber und drosselte sogleich seine Geschwindigkeit. Tamás spürte, wie das Adrenalin in sein Blut schoss. Er lief los. Bis zur Margareteninsel waren es nur wenige Meter. Er bog auf den Steg ein und lief weiter, immer weiter. Der Almera blieb oben auf der Brücke stehen. Tamás saß in der Falle. Sie würden den zweiten – und damit einzig verbleibenden – Ausgang von der Insel überwachen lassen. Tamás blieb für einen Moment stehen und rang nach Luft.

In dem starken Regen war nicht viel zu sehen. Auf der Pester Seite, auf der Uferpromenade, leuchteten die Werbeschilder über den Eingängen, davor befanden sich niedrige Holzbuden mit Touristennippes. Und dazwischen parkte ein weiterer Almera, der dritte an diesem Tag, in metallischem Violett. Der Wagen setzte sich gerade in Bewegung und verschwand wenige Sekunden später im träge dahinfließenden Verkehr auf der Carl Lutz rakpart. Wahrscheinlich würde der Almera die wenigen hundert Meter bis zur Árpád-Brücke fahren und den nördlichen Ausgang der Margareteninsel absichern.

Tamás blieben nicht viele Möglichkeiten. Die Busse waren keine Option, sie waren nur über die Brücke erreichbar. Außerdem würden sie überwacht werden. Aber es blieb ihm keine Zeit zum Nachdenken. Zwei der Männer sprangen aus dem grauen Almera und kamen den Steg herunter. Der dritte blieb am Steuer des Wagens sitzen.

Tamás lief weiter. Der Park lag verlassen da. Die Fontäne im Eingangsbereich sprudelte lustlos vor sich hin, der Kiesboden auf den Hauptwegen und die matschigen Pfade dazwischen standen unter Wasser. Tamás lief in Richtung des Wasserturms und der römischen Ruinen. An sonnigen Tagen war der Park eine Verheißung. Aber an einem Tag wie diesem, nass, kalt, eingezwängt zwischen den rauschenden Flussarmen, war die Margareteninsel beängstigend klein.

Die Verfolger waren ihm ziemlich dicht auf den Fersen. Hinter einer Biegung versteckte er sich. Die gewundenen Pfade, das dichte Gestrüpp, die Bäume mit ihren tiefhängenden Ästen, es war nicht leicht für sie, ihn hier aufzustöbern. Für ein paar Minuten glaubte er, sie hätten ihn im Dickicht der Margareteninsel verloren. Doch dann hörte er ihre Stimmen. Sie waren ganz nah. Und die Männer waren bewaffnet.

Er kauerte im Gebüsch, bis die Gefahr vorüber schien. Dann schlich er zum Schwimmbad. Es war geschlossen. Sein Ziel war der Bootsverleih nebenan. Tamás stieg leichtfüßig über den Maschendrahtzaun. Er lauschte nach den Stimmen der Männer. Mit wenigen Handgriffen öffnete er die Tür zum Bootshaus. Darin waren etwa zwanzig, fünfundzwanzig Boote, die meisten Tret- und Ruderboote. Unter den Sportkanus befand sich ein klassisches Kajak. Tamás überprüfte es – harter, faseriger Kunststoff, das Verdeck größtenteils geschlossen. Er griff nach einem Doppelpaddel und verstaute die Unterlagen dort, wo die Beine hinkamen. Draußen näherten sich die Stimmen der Männer. Sie waren bereits am Schwimmbad. Tamás atmete tief durch. Er war bereit für dieses Himmelfahrtskommando. Er zog das Kajak den Steg hinunter zum Wasser. Er kannte die Strecke, die vor ihm lag. Bis zur Rákóczi-Brücke weit hinter der nächsten Biegung gab es kein Entkommen aus dem reißenden Strom. Nur meterhohe Steinwände – keine Leitern, keine Treppen, nichts. Erst kurz vor Csepel, der riesigen Donauinsel im Süden der Stadt mit ihren Gewerbegebieten und den Industrieanlagen, gab es wieder flache Uferböschungen.

Tamás löste sich langsam vom Ufer. Aber das war leichter gesagt als getan. Kaum hatte er den Strom erreicht, rissen die Fluten das Kajak mit sich. Tamás versuchte nur noch eines: In die Mitte des Flusses zu gelangen und sich dort zu halten.

Die Margaretenbrücke rauschte wie ein böser Traum an ihm vorbei. Die glitschigen Steinpfeiler ragten bedrohlich aus dem Wasser, so nah, dass sie das Kajak zu berühren schienen. Die gelbe Stahlkonstruktion über ihm verdunkelte für den Bruchteil einer Sekunde die Sicht. Wirbel schleuderten das Kajak hin und her.

Das Parlament und die Burg glitten vorüber. Regentropfen schlugen hart auf die Wasseroberfläche, übertönten sogar das Rauschen des Flusses. Der dunkle, zerrissene Himmel über ihm war plötzlich unendlich weit. Die Böen pressten das Kajak immer weiter nach außen, viel zu nah an die hohen, unebenen Uferwände und auf einen Pulk Treibholz zu. Tamás umsteuerte es, so gut er konnte.

An der Kettenbrücke tauchte ein Touristenschiff vor ihm auf. Der Bug war wuchtig und schwarz, auf ihm der rot verzierte Name »MS Erszébet«. Das Schiff pflügte vorwärts, trotzig gegen die Strömung. Tamás hörte die Motorgeräusche näherkommen. Es gelang ihm nur mit Mühe, der MS Erszébet auszuweichen. Er spürte den Sog des Schiffes. Er sah die Nieten, wie gewucherte

Narben entlang der schwarzen Außenwand. Die Gischt schlug ihm hart ins Gesicht, aber er schaffte es. Die Touristen im Panoramarestaurant blickten ihm mit offenen Mündern hinterher.

Tamás konnte für einen Augenblick durchatmen. Die Elisabethbrücke lag vor ihm. Sie war wie ein Strich über den Fluss, elegant, weiß, ohne einen einzigen Pfeiler. Auf der Höhe des Gellért, nur wenige Sekunden später, spürte er, wie eine unterirdische Strömung gegen das Kajak drückte. Er arbeitete mit dem Paddel dagegen. Er schaffte es auch, das Kajak mehr oder weniger in der Mitte des Flusses zu halten, aber dann erwischte ihn etwas, ein Baumstamm, was auch immer. Das Kajak schaukelte wild hin und her, kippte fast. Eine kräftige Ladung Wasser schwappte ins Innere. Nur mit Mühe konnte Tamás es stabilisieren.

Tamás hatte es fast geschafft. Er spürte die Kälte längst nicht mehr. Dann begann das neuere Budapest. Auf der einen Seite drängten sich Wohnbauten bis ans Ufer, die meisten aus den Sechzigern. Auf der anderen Seite ragten die Neubauten der ELTE-Universität in die Höhe – Hochhäuser mit dem Charme glasgepflasterter Messebauten.

Jetzt musste er nur noch heil unter der Rákóczi-Brücke durch. Hinter der Brücke sah er endlich, was er gesucht hatte: die längliche, begrünte Halbinsel. Sie lag keine fünfzig Meter mehr von ihm entfernt. Mit dem Kopaszi-Damm war sie erst vor zwei Jahren aufgeschüttet worden, als Anlegestelle für Touristenboote. Auf dem kleinen sandigen Strandabschnitt wirkten die kahlen jungen Bäume wie Fremdkörper. Er hievte das Kajak die Böschung hoch. Es war viel Wasser eingedrungen. Aber die im Hohlraum verstaute Plastiktüte hatte das meiste abgehalten. Der Rest würde trocknen.

Tamás überlegte einen Moment, was er als Nächstes tun, wohin er gehen sollte. Es gab hier, im südlichen Teil von Buda, nur Gewerbegebiete, ein Dickicht aus ein- und zweistöckigen Zweckbauten, unterbrochen von Schornsteinen und Kränen. Öffentliche Räume, wo er kurz Unterschlupf hätte finden können, gab es nicht, oder zumindest hatte er keine Ahnung davon. Auch der nächste Bahnhof, Kelenföld, war zu weit entfernt.

Soweit er sich erinnern konnte, hielt die Linie 47 an der Szerémi út, direkt am Übergang zur Rákóczi-Brücke. Er ging hoch zur Straße, dann weiter zur Haltestelle. Als die Trambahn hielt, stieg er ein. Es war der einfachste Weg, um seine Spuren zu verwischen. Die Menschen sahen ihn erstaunt an. Er war klitschnass, fror, sein Gesicht war gerötet, die Hände blutig. Der Schnurrbart hing traurig herunter und das lange Haar klebte am Kopf. Tamás ignorierte sie. Er hatte es, allen Widrigkeiten zum Trotz, geschafft, hatte seine Verfolger abgehängt.

Tamás fuhr den äußeren Ring entlang bis zur Hős utca. Es dauerte ein bisschen, aber nach der Bahnunterführung begann endlich das Niemandsland von Budapest: verlassene Bushaltestellen, breite sechsspurige Straßen, Tankstellen, seitlich versetzte Betonriegel, Penny-Märkte und andere Discounter und Supermärkte, vor denen sich die Plastikflaschen stapelten. Hier im Umfeld der Hős utca, im Gewerbegebiet, war er erst einmal sicher. Katalin wohnte in der Stróbl Alajos utca. Niemand würde ihn bei ihr vermuten. Er musste nur das Glück haben, dass sie zu Hause war.

19

Katalin ließ ihn wortlos eintreten. Sie trug einen seidenen Morgenmantel, die Haare waren offen, wenn auch etwas wirr. Ihre Augen hatten nichts von dem alten, warmen Glanz verloren. Sie sagte lächelnd: »Dusch dich erstmal.« Dann ging sie ins Schlafzimmer.

Tamás wusste, dass sie Besuch hatte. Die Wohnung war warm, Katalin musste sie seit Tagen schon geheizt haben. Neben der Tür standen ein Paar Nike-Turnschuhe, auf dem Kleiderständer hing eine blaue Daunenjacke, daneben ein bunter Schal. Er kümmerte sich nicht weiter darum. Katalin gehörte zu jenen Frauen, die gut geheiratet hatten und sich eine kleine, unscheinbare Zweitwohnung in einem gesichtslosen Viertel wie Kerepesdűlő leisten konnten. Dort empfing sie ihre Liebhaber. Tamás war einer von ihnen gewesen, auch wenn das schon etwas her war.

Tamás nahm die Plastiktüte mit den Unterlagen, stellte sie neben die Toilette und duschte sich so heiß, wie es ging. Selbst jetzt noch schlotterte er vor Kälte. Die Donau hing ihm immer noch in den Knochen. Als er fertig war, trocknete er sich ab und schlang sich ein weißes Handtuch um die Hüfte.

Im Flur waren die Turnschuhe, der Schal und die Daunenjacke verschwunden. Katalin saß bereits in der Küche, auch hier war es angenehm warm. Sie trug ein teures Kleid und eine trübe Perlenkette. Die Haare waren fein säuberlich hergerichtet, sie war frisch geschminkt. Es duftete nach italienischem Parfum. Der schwere, angenehm-süßliche Geruch erinnerte ihn an das Parfum, das Zsófia Doi am Tag des Anschlags getragen hatte. Katalin, trotz oder wegen ihrer reiferen Schönheit, war nicht anzusehen, dass sie die Vierzig längst überschritten hatte.

Katalin betrachtete ihn aufmerksam von oben bis unten. »Du bist noch immer gut in Schuss.« Dann goss sie ihm eine Tasse Kaffee ein. »Wie lange ist es her? Ein Jahr? Zwei Jahre?«

Tamás zuckte die Schultern. Er kämmte mit der Hand das nasse Haar zurück, nahm einen Schluck von dem Kaffee, stand mit der Tasse in der Hand auf und ging zum Fenster. Draußen, im schwachen Licht der Laternen kaum zu erkennen, war ein großer Parkplatz, nichts als Sand und Schotter und hunderte von Autos aller Marken, Farben und Baujahre – im Dämmerlicht sahen sie alle gleich aus. Es regnete noch immer.

Tamás drehte sich zu Katalin um. »Ich bin da in eine verdammt heikle Sache hineingeraten.«

Sie sah ihn belustigt an. »Willst du vielleicht ein wenig hierbleiben, in der Wohnung?«

Tamás nickte. »Das wäre hilfreich.«

Katalin war zufrieden. Sie streichelte seine wieder warm gewordene, mit Schnitten übersäte Hand. »Das Verbandszeug ist im Bad. Wirf den Schlüssel in den Briefkasten, wenn du gehst – und lass dich bald wieder blicken.«

Als sie gegangen war, holte Tamás die Plastiktüte aus dem Bad und begann, sie auf dem Küchentisch auszubreiten. Dann schenkte er sich etwas Kaffee nach. Alles, was Janós Varga in den letzten eineinhalb Jahren recherchiert hatte, lag nun vor ihm. Es dauerte drei Stunden, bis er sich aus den Unterlagen, den Kopien, Faxen, Abschriften, Fotos, Ausdrucken und Bankauszügen, ein Bild zusammengemalt hatte. Aber dieses Bild hatte es in sich. Janós Varga hatte die Ölmafia fast vollständig durchleuchtet, zumindest was den operativen Teil anbelangte.

Der Journalist hatte Beweise dafür gefunden, was andere nur vermuteten: dass sich dubiose Mittelsmänner mit Hilfe illegaler Ausgabemarken das Heizöl aus den MOL-Großanlagen in Almásfüzitő und Tiszaújváros besorgt und in kleinere Anlagen wie jene in Szödliget gebracht hatten. Dort hatten dann Chemiker das Ferrocen im Heizöl, das den Brennstoff für Autos unbrauchbar machen sollte, mit Schwefelsäure neutralisiert. Der Journalist hatte die Namen dieser Mittelsmänner und ihres Verbindungsmanns bei der staatlichen Druckerei in Erfahrung bringen können. Auch einige Verkaufsstellen für das »graue Benzin« hatte er identifiziert, allerdings waren es andere als auf Béla Dois Karte. Die meisten lagen im Nordwesten und Süden der Stadt. Allein diese Informationen hätten ausgereicht, um nicht wenige Leute sehr nervös zu machen. Kein Wunder also, dass der Kommissar sich brennend für die Unterlagen interessierte. Doch es gab noch mehr.

Tamás nahm sich eine Zigarette aus der Schachtel Marlboro Light, die Katalin für ihn auf dem Tisch zurückgelassen hatte. Janós Varga hatte mit einem Insider aus dem Umfeld von Lél Sipos gesprochen. Dieser Jemand hatte Janós Varga erzählt, dass die Fäden der Ölmafia, die zwar so hieß, aber mit der normalen Mafia nichts zu tun hatte, bis in die obersten Regierungskreise reichten, bis in das Umfeld von Dániel Korvin – und hier wurde es naturgemäß explosiv. Wegen der Beteiligung auf höchster Ebene war Lél Sipos lange Zeit außen vor geblieben. Er hatte nicht gewagt, Unruhe in ein fest etabliertes Gleichgewicht zu bringen, in dem die Politik mit drin hing. Er hatte, schlau wie er war, keine schlafenden Hunde wecken wollen.

Erst als die ukrainischen und russischen Mafiosi Lél Sipos in die Enge trieben, er immer mehr Anteile an seinen alten Geschäftsfeldern verlor, versuchte der Mafiaboss in das Geschäft mit dem Öl einzusteigen. Er hatte dafür Mihály Farkas gewonnen und ihn zum Partner der Kanzlei gemacht, einen umtriebigen, undurchsichtigen Geschäftsmann mit besten Verbindungen zur Regierung, über den niemand wirklich etwas wusste – er war der zweite Tote des Anschlags in der Andrássy út gewesen.

Die Unterlagen gaben nicht viel her über Mihály Farkas. In einem kurzen Zeitungsbericht aus der Magyar Hírlap wurde berichtet, dass sich der Neu-Unternehmer 1991 den insolventen Fernsehgerätehersteller Benko in Dunakeszki unter den Nagel gerissen hatte, bevor er in die Logistikbranche einstieg. Es war nichts Besonderes, der übliche Karriereweg für ambitionierte Geschäftsleute. Aufschlussreicher war, zusammengefaltet zwischen anderen Unterlagen, ein handschriftliches Baumdiagramm.

Janós Varga hatte die Geldströme der Ölmafia in Richtung Österreich und Schweiz nachrecherchiert. Im Zentrum standen zwei Briefkastenfirmen: der »Danube Trading Trust« in Bratislava und die in Budapest gemeldete »2K Danube Trading kft.« Den »Trading Trust« hatte István am Telefon erwähnt. Mehr fand Tamás in den Unterlagen nicht. Aber das war schon eine ganze Menge. Es war auf jeden Fall genug, um gefesselt, bis zur Bewusstlosigkeit geprügelt, mit einem Messer erstochen und am Ende tot auf die Uferpromenade in der Nähe des Parlaments gelegt zu werden. Wer mit solchen Informationen hantierte, musste um sein Leben fürchten. Das lag in der Natur der Sache. Janós Varga hätte es wissen müssen.

Tamás' Sachen waren mittlerweile getrocknet. Er zog die Jeans und den roten Pulli an. Die Regenjacke lieh er sich. Die Unterlagen in der Plastiktüte verstaute er unter dem Bett. Wenn er Zsófia Doi und Anna finden wollte, würde er die Spur des Geldes verfolgen müssen. Wer sie entführt hatte, hatte es auf das Geld abgesehen – und die letzte Station vor den Finanzsümpfen in der Schweiz war allem Anschein nach die »2K Danube Trading kft.«. Sie war der beste Ansatzpunkt, den er im Moment hatte. Wenn das nicht funktionierte, konnte er es immer noch über einen anderen Weg versuchen.

Tamás blickte aus dem Küchenfenster. Der Parkplatz war bis auf eine nackte Glühbirne ganz ohne Licht, er lag in tiefste Schwärze getaucht, also nicht die schlechteste Zeit, um sich auf die Suche zu machen. Die Zeiger der Uhr über der Anrichte zeigten 22 Uhr 49. Er suchte und fand Katalins kleine Taschenlampe für den Notfall in der obersten Küchenschublade. Tamás machte sich auf den Weg.

20

Die »2K Danube Trading kft.« lag in Csepel, auf der Donauinsel südlich von Budapest. Sie war keine hundert Meter vom Freihafen entfernt, etwa ein bis zwei Kilometer hinter der Rákóczi-Brücke, nahe der künstlichen Halbinsel, an der er das Kajak zurückgelassen hatte. Tamás fuhr mit der Metro-Linie H7 bis zur Hauptstation von Csepel. Es war bereits Mitternacht. Der schmale, luftige Sendeturm von Lakihegy ragte einsam in den schwarzen Himmel. Der Boden war von Pfützen übersät und mit Rinnsalen durchzogen. Die Lichter der Laternen entlang der Hauptstraße spiegelten sich auf dem nassen Asphalt.

Tamás ging vorbei an den verwahrlosten Häuschen entlang der Bahntrasse. Die meisten standen seit Jahren leer, viele Fenster waren eingeschlagen, die meisten Türen mit Pressspanplatten verrammelt. Auf dem feuchten Holz klebten Schichten um Schichten von halb abgerissenen Plakaten für längst abgewählte Politiker und vergangene Konzerte und Zirkusaufführungen. Wahrscheinlich hatte ein Investor die Häuschen abreißen wollen, dann war ihm das Geld ausgegangen. Die alte Geschichte.

Tamás' Blick fiel auf eine Zeitungsbox, darauf prangte das verblasste rote Logo von Blikk, dem Boulevardblatt. Das Kunstglas war mit Kratzern überzogen. Die Titelüberschrift war trotzdem klar und deutlich zu lesen: Lél Sipos verhaftet. Der Unantastbare war verhaftet worden.

Tamás nahm sich eine Zeitung heraus und überflog die Titelseite. Demnach war die Verhaftungswelle der Polizei in vollem Gang. Die Mafiosi wurden aus dem Verkehr gezogen, einer nach dem anderen, ganz wie der Kommissar es angekündigt hatte. Es würde nicht lange dauern und sie hätten in Budapest und ganz Ungarn reinen Tisch gemacht. Die Blikk jubelte, sie war ganz auf der Seite von Dániel Korvin. Tamás verzog unbewusst das Gesicht. Er wusste nur zu gut, dass dieses Gehabe nur das Prélude war, das Vorspiel zu einer Geschichte, die nicht viel besser, wahrscheinlich sogar viel schlechter ausgehen würde.

Auf dem Foto auf der zweiten Seite stand Molnár neben dem elegant gekleideten, wenn auch ziemlich massigen Lél Sipos. Der Kommissar trug wie immer seinen schwarzen Hut mit der breiten Krempe und seinen speckigen beigen Mantel. Dem Artikel zufolge avancierte er gerade zu einer Kultfigur unter den jungen Ungarn. Sie nannten ihn liebevoll den »Columbo von Székelyföld«.

Tamás stopfte die Zeitung wieder zurück in den Kasten, überquerte die Straße und ging tiefer in das Industrie- und Gewerbegebiet von Csepel. Er kannte die Adresse der »2K Danube Trading kft.«. Trotzdem war es schwer, die Firma in dem Straßengewirr zu finden. Verwilderte Büsche und Sträucher wucherten entlang der Mauern, mit Stoff verkleidete Maschendrahtzäune verdeckten den Blick auf leere Parkplätze. In den weitläufigen Höfen der Fabriken und Werkstätten stapelten sich Paletten und Kisten, mit Planen vor dem Regen geschützt. Kaum ein Straßen- oder Nummernschild war auszumachen. Licht spendeten nur die Lampen über den Einfahrten.

Das Haus, das er suchte, war ein länglicher, funktionaler Verwaltungsbau. Vier Stockwerke hoch, Klinker, die Fenster stockdunkel und im Erdgeschoss vergittert. Solche Gebäude waren typisch für Häfen und Schlachthöfe. Neben der zweiflügeligen Tür waren die Firmenschilder angebracht, eines neben dem anderen, in fünf dicht gedrängten Reihen. Die »2K Danube Trading kft.« war im zweiten Stock untergebracht.

Tamás sah sich um. Der Haupteingang war zu massiv, als dass er ihn hätte aufbrechen können. Die Fenster im Erdgeschoss waren vergittert. Von hier aus kam er nicht in das Gebäude. Tamás ging hinüber zur vergitterten Toreinfahrt und kletterte mit wenigen sicheren Griffen über den Metallzaun.

Im Hof standen mehrere LKWs, die nassen Planen reflektierten das schwache Licht. Die Laderampen entlang des Gebäudes, alle aus solidem Metall, waren geschlossen. Auch hier gab es keine Möglichkeit, ins Innere zu gelangen. Die einzige Chance bot eine stillgelegte Förderanlage. Sie reichte über den Parkplatz bis zur Querseite des Gebäudes, der Hauptarm der Konstruktion endete direkt in der Mauer über den Laderampen. Tamás registrierte in Richtung der Einfahrt eine schmale Seitenstrebe, auch sie führte zur Querseite des Gebäudes, lag aber tiefer. Von dort waren die Fenster im ersten Stock zu erreichen.

Tamás besah sich die Stahlstrebe unter dem Fenster, doch es gab keine Einkerbungen, keine wulstigen Nähte, keine Nieten, nichts, woran er sich hätte festhalten können. Es war unmöglich, über ihn nach oben zu klettern. Bei den anderen Stahlträgern sah es nicht besser aus. Er ging zur Rückseite des Parkplatzes. In der dicht gewachsenen Hecke fand er einen schmalen Durchgang, gerade groß genug, um sich hindurch zu quetschen.

Tamás war nun auf dem Gelände des Freihafens. Hier, an den äußersten Enden, gab es keinerlei Beleuchtung, nur große schlammige Wiesen, schmale Wege, Schienen und die Stahlträgerkonstruktion, nur spärlich durch das Streulicht der Scheinwerfer beleuchtet, die zur Donau hin die Lagerhallen anstrahlten. Die Hallen waren halb verfallen, die Backsteinmauern notdürftig zugespachtelt. Von dem Frachtschiff war nur die Spitze zu sehen, ein Container wurde gerade auf die Lagerflächen an Land gehievt. Tamás hörte die heiseren Rufe der Arbeiter. Es war hier, auf der offenen Fläche, gefühlt noch einmal einige Grade kälter als in den Straßen des Gewerbegebiets.

Tamás folgte der Stahlkonstruktion über ihm durch die schlammige Wiese. Nach etwa zweihundert Metern fand er, was er gesucht hatte: einen relativ neuen, ausgetauschten Stahlträger. Es war nicht leicht hochzuklettern, aber an den stark gewölbten Nieten konnte er sich immerhin festhalten. Oben angekommen, sah er in Richtung des Verwaltungsgebäudes. Es war eine ordentliche Strecke, die er sich zurückarbeiten musste.

Auf der Stahlkonstruktion zu laufen, gut zehn Meter über dem Boden, war in der Dunkelheit zu gefährlich. Also kroch Tamás auf allen Vieren vorwärts – Knie nach vorne, Hand nach vorne, und so weiter und so fort. Er zog sich auf dem kalten, nassen Stahl Meter um Meter weiter, bis alles schmerzte – die Hand- und Fußgelenke, die Knie, das Schienbein, die ohnehin lädierten Handflächen, einfach alles. Irgendwann, nach endlos langen Minuten, befand er sich direkt über den LKWs im Hof. Von hier arbeitete er sich entlang einer Seitenstrebe bis zur Einfahrt vor. Auf der Höhe des Fensters blieb er eine Weile auf dem kalten Stahl liegen. Er atmete tief durch, entspannte sich, lockerte die Hand- und Fußgelenke. Dann stand er vorsichtig auf und trat mit der Sohle seines Sneakers einmal kräftig gegen die Fensterscheibe. Die Scherben und Splitter klirrten unten auf Beton. Dann war es wieder still.

Tamás entfernte mit dem Fuß die noch abstehenden Glassplitter. Dann kletterte er durch das Fenster.

Der Raum war stockdunkel, von außen drang so gut wie

kein Licht herein. Schon beim ersten Schritt stieß er gegen einen Stuhl. Er fluchte leise, tastete sich aber weiter voran, an einer Tischplatte entlang. Er stieß gegen einen Mülleimer, der umkippte und irgendwohin in die Dunkelheit verschwand. An der Tür angekommen, suchte er an der Wand nach dem Lichtschalter, machte aber das Licht nicht an. Er nahm Katalins kleine Taschenlampe aus der Hosentasche. Sie hatte einen Wackelkontakt – flackerte, ging aus, flackerte wieder. Es war nicht ideal, aber immerhin konnte er im Flur Umrisse erkennen. Die »2K Danube Trading kft.«. war ein Stockwerk über ihm. Was er suchte, war das Treppenhaus, den Lift gegenüber der Tür wollte er nicht benutzen. Am Ende des Flurs stieß er auf die Feuertreppe. Der Kegel der Taschenlampe glitt über alte, staubverkrustete Zigarettenkippen auf dem Boden, ein lange nicht genutzter Wischmob stand in der Ecke des schmalen Aufgangs.

Tamás zog die Pistole und öffnete die Tür zum zweiten Stock. Wieder lag ein langer Flur vor ihm. An dessen Ende fand er, was er gesucht hatte: das Büro der »2K Danube Trading kft.« An der Metalltür war ein kleines, im Flackern der Taschenlampe leicht zu entzifferndes Schild mit dem Schriftzug der Firma angebracht – kein Logo, keine Verzierungen, nur der Name in einer blassen, serifenlosen Schrift: »2K Danube Trading kft.«

Tamás drückte die Türklinke herunter. Zu seiner Überraschung gab die Tür nach. Er hörte, wie das Holz auf der Unterseite leise über den Teppichboden schabte.

Ein Gefühl sagte ihm, dass hier etwas nicht in Ordnung war. Was es war, konnte er nicht sagen, doch es machte ihn vorsichtig. Lautlos schlug er die Taschenlampe einmal kurz gegen den Oberschenkel. Endlich leuchtete die Taschenlampe den Vorraum ohne Flackern aus – er war klein, hatte aber genügend Platz für eine improvisierte Rezeption. Dahinter standen in Griffnähe ein Kopier- und Faxgerät, davor zwei Schwingstühle für wartende Gäste, an den Wänden große, gerahmte Bilder und ein zum großen Teil beschriebener Terminkalender.

Vom Vorraum aus gingen von einem kleinen Flur drei Türen ab. Keine stand offen. Tamás nahm die kleine Taschenlampe zwischen die Zähne und die Pistole in die Hand.

Er öffnete die erste Tür. Es war ein Büro wie jedes andere. In der Mitte stand ein einfacher Schreibtisch, neben dem PC stapelten sich Papiere und Mappen. Das Regal an der Wand war bis zur Decke mit Akten vollgestopft.

Auch im zweiten Büro fand er nicht, was er suchte. Alles wirkte aufgeräumt, fast zu aufgeräumt.

Der dritte Raum war kahl wie eine Abstellkammer. Es gab keinen Schreibtisch, keinen Stuhl, keine Regale. Die Wände waren blank. Es war, als hätte jemand die Vergangenheit des Büros von einem Tag auf den anderen ausgelöscht.

Doch die Gegenwart lag tiefer. Sie lag auf dem Boden. Es waren vier Leichen, arrangiert im Kreis, fast wie ein Reigen. Zwei Männer. Eine Frau. Ein Kind.

Tamás stieg über die Leichen der Männer. Er kannte sie nicht. Von der Statur her und dem Aussehen nach waren es Männer fürs Grobe. Man hatte sie gefesselt, gefoltert und stranguliert. Entweder waren sie zur falschen Zeit am falschen Ort gewesen – oder irgendjemand hatte ein falsches Spiel mit ihnen getrieben.

Vor den Leichen der Frau und des Kindes blieb Tamás stehen. Er steckte die Pistole in den Hosenbund, nahm die Taschenlampe aus dem Mund und richtete den Lichtkegel kurz auf das Mädchen, dann auf die Frau. Er ging in die Hocke. Zsófia Dois Augen waren geschlossen, das Makeup um die Augen und den Mund verwischt. Der Bluterguss um den Hals zeigte, dass auch sie stranguliert worden war. Das Kabel lag neben ihrem Kopf.

Auch Anna war gefesselt und stranguliert worden. Sie lag neben ihrer Mutter. Der Kopf hing schlaff zur Seite. Ihre Augen waren geöffnet. Sie blickten leer auf die schwarze Wand.

Als Tamás aufstand, bemerkte er, dass sich etwas verändert hatte. Das Licht in dem Büro war nicht mehr schütter und gelb, es war einem flackernden, kalten Blau gewichen. Er hörte, wie unten die Tür aufgebrochen wurde. Er hörte die festen, hallenden Schritte von Polizisten im Treppenhaus, dann im Flur.

Tamás schaltete das Deckenlicht an und setzte sich auf den Bürostuhl gegenüber den vier Leichen. Er legte die Pistole und die Taschenlampe auf den Boden. Ihm blieb nichts anderes übrig, als zu warten. Es war besser, die Dinge so zu nehmen, wie sie kamen. Es machte keinen Sinn, zu fliehen – auf eine Kugel im Rücken konnte er verzichten.

21

Tamás war wieder in der Polizeistation an der Aradi út, wieder saß er in dem Verhörraum. Er blickte müde auf die verspiegelte Glasscheibe. Der Kommissar kam herein und setzte sich ihm gegenüber an den Tisch.

Molnár lächelte mitleidig. »Man kann sagen, was man will. Sie haben wirklich kein Glück.« Dann lehnte er sich zurück und verschränkte die Arme über dem speckigen Bauch. Seine knollige Nase war noch röter als beim letzten Mal.

Tamás blickte noch immer auf die Glasscheibe.

Der Kommissar klopfte mit den Fingern auf die Tischplatte. »Dahinter ist niemand. Niemand sieht und hört uns zu.«

»Hm?« Tamás hatte nicht zugehört.

»Wir sind allein, es ist niemand hinter der Scheibe. Das Mikrofon ist ausgeschaltet.«

Tamás sah den Kommissar ausdruckslos an. Er strich sich über den Schnauzbart. Er wusste nicht, was Molnár im Schilde führte.

Der Kommissar zündete sich eine Zigarette an und reichte Tamás die Schachtel. »Ich will mit Ihnen reden.«

Tamás nahm eine Zigarette und legte die Schachtel auf den Tisch. »Ich habe Ihrem Kollegen schon alles erzählt.«

»Dass Sie die Leichen nur gefunden haben? Davon habe ich gehört.«

Tamás nickte.

»Ich glaube Ihnen. Meine Kollegen glauben es auch. Aber das ist egal. Es wird sowieso niemand erfahren, dass Sie jemals dort waren. Sie existieren nicht – zumindest nicht in den Unterlagen. Ich habe Sie aus den Berichten getilgt.«

Tamás ließ sich vom Kommissar Feuer geben. Er schüttelte den Kopf. »Soll ich mich dafür bedanken?«

Der Kommissar lachte. Es war ein heiseres Lachen. »Das ist nicht nötig. Sie wissen, ich hege Sympathie für Sie. Aber ich muss Ihnen auch sagen: Im Moment stören Sie nur, Ihre Anwesenheit bringt alles durcheinander. Offiziell ist wieder ein Bekennerschreiben unserer Freunde aus Odessa gefunden worden.«

Im Gesicht des Kommissars spiegelte sich eine Mischung aus Resignation, Mitleid und Heiterkeit. Er atmete den Rauch, den er hinausblies, sogleich mit der Nase wieder ein. »Ich weiß genauso wenig wie Sie, was passiert ist. Wir haben einen Tipp bekommen. Wir sind hingefahren, wir haben Sie angetroffen. Der Geheimdienst hat mir das Bekennerschreiben in die Asservatenkammer geschmuggelt. Ein Angebot wie dieses muss ich annehmen, ob ich will oder nicht.«

»Das heißt, ich war zur falschen Zeit am falschen Ort?«

»So ist es.« Der Kommissar lächelte. »Der Polizeipräsident hat überlegt, Sie auch in die Geschichte zu verwickeln. Sie würden prächtig funktionieren, eine Figur wie Sie könnte man nicht besser erfinden. Aber ich habe ihm gesagt: Der junge Mann ist vernünftig. Er gibt uns, was wir haben wollen. Er wird uns noch wichtige Informationen liefern.« Der Kommissar sah Tamás mitleidig an. »Außerdem habe ich dem Polizeipräsidenten gesagt: ›Es ist besser, die Geschichte so einfach wie möglich zu halten. Lassen Sie den Amerikaner raus, sonst gibt es Ärger mit der

Botschaft und so weiter‹.« Er beugte sich über den Tisch und sagte mit jovialem Unterton: »Außerdem haben Sie doch kein Interesse daran, dass die Geschichte an die große Glocke gehängt wird, nicht wahr?«

Tamás sagte nichts dazu.

Molnár zuckte die Schultern. »Es glaubt sowieso niemand an komplizierte Geschichten. Also halten wir sie so einfach wie möglich.« Er zupfte sich den sandfarbenen, viel zu weiten Anzug zurecht. Entlang der Ärmel und Schultern zogen sich üppige, zerknitterte Falten über den Stoff. »Soll ich Ihnen etwas sagen, von Freund zu Freund?« Der Kommissar drückte seine Zigarette aus und zündete sich gleich eine neue an. Er blickte auf die Asche. »Ich denke, wir beide werden uns noch öfter über den Weg laufen.«

»Werden wir das?« Tamás sah den Kommissar mit einem ironischen Lächeln an.

»Mein lieber Livermore, machen Sie sich keine Sorgen. Niemand verlangt, dass Sie für die Polizei arbeiten. Aber wir sind Freunde, nicht wahr? Deshalb möchte ich, dass Sie nicht ganz im Dunkeln tappen, dass Sie etwas Licht am Ende des Tunnels sehen, Hoffnung schöpfen und verstehen, dass ich es gut mit Ihnen meine.« Er beugte sich wieder vor und sah Tamás vielsagend an. »Hinter der Sache steckt der Slowakische Informationsdienst – in Verbund natürlich mit unseren guten alten Freunden aus dem Umfeld von Dániel Korvin.«

Tamás wusste nicht, was er damit anfangen sollte. Also zuckte er nur mit den Schultern.

Der Kommissar beugte sich noch weiter vor. Er sprach nun leiser, nicht flüsternd, aber gedämpft. »Dániel Korvin hat sich einiges vorgenommen. Er möchte das Land umkrempeln, die Mafia nach seinem Ebenbild formen. Deshalb hat er unsere geschätzten Nachbarn aus der Slowakei um Hilfe gebeten. Und diese feinen Nachbarn haben eine Expertise in dem Bereich, von der Korvin bislang nur träumen konnte.«

Tamás betrachtete seine Hände. Sie waren schmal, sehnig, die Hände einer zähen Natur. Er wusste, dass der Kommissar ein Spiel mit ihm spielte, aber er hatte keine andere Wahl als mitzuspielen. Trotzdem fragte er: »Wer hat Zsófia Doi und Anna ermordet? Und wer hat István auf dem Gewissen?«

Molnár wiegte den Kopf hin und her. »Es ist besser für Sie, wenn Sie nicht alles wissen. Noch nicht einmal ich kenne die ganze Wahrheit. Man hat mir eine Liste mit Namen gegeben, die für den Mord in Csepel verantwortlich sein sollen.«

»Aber es sind mal wieder Bauernopfer?«

»Das weiß man nie. Es sind Leute von der Malina, da ist niemand sauber. Ich werde die Liste abarbeiten. Der Fall ist so gut wie erledigt. Das Geld der Dois in der Schweiz ist angeblich auch schon weg. Am Ende wird sowieso wieder alles unter den Tisch gekehrt.« Molnár gähnte. »Die Regierung, die Mafia, der Slowakische Informationsdienst, unser Amt für Nationale Sicherheit, diese Sphäre, mein lieber Livermore, steht über uns. Wir können ermitteln, so viel wir wollen, am Ende stochern wir doch nur im Nebel.«

Tamás erhob sich. »Ich bin also ein freier Mann?«

Molnár wiegte den Kopf. Er sah ihn aus seinen geröteten Augen an, das entzündete Lid war noch immer geschwollen. »Denken Sie, es ist so einfach? Ich habe Ihnen schon gesagt: Sie haben etwas, eine gelbe Tüte mit Dokumenten darin. Der Polizeipräsident hätte sie gerne.«

»Was, wenn ich Ihnen die Tüte nicht gebe?«

Der Kommissar blickte nach unten, auf die Zigarette in seiner Hand, und klopfte die Asche ab. Sie fiel auf den Boden. Er schnalzte mit der Zunge. »Ich habe es Ihnen schon gesagt: Es wäre nicht klug. Nur, weil Sie in der einen Geschichte keine

Rolle spielen, heißt es nicht, dass wir nicht eine hübsche Geschichte für Sie erfinden können. Sie haben noch ein Leben vor sich. Verspielen Sie es nicht. Ich sehe in Ihnen einen Mann mit Zukunft.«

Tamás nickte, er wusste, dass er aus der Nummer nicht anders würde herauskommen können. »Geben Sie mir zwei Stunden. Spätestens um 9 Uhr werde ich Ihnen das Paket auf den Tisch legen.«

»Gibt es Kopien?«

»Denken Sie, ich hätte Zeit dafür gehabt?«

Molnár nickte verständnisvoll und grinste ein wölfisches Grinsen. Er stand auf und öffnete die Tür zum Flur. »Wenn Sie um 10 Uhr nicht wieder hier sind …«

»Ich werde da sein.« Tamás' Gesicht war ausdruckslos, sein Körper angespannt.

Als er wieder auf der Straße war, hatte ein neuer Tag begonnen. Der Himmel über Budapest hatte sich aufgezogen. Die Sonne schien kräftig. Es war, als ob die Stadt sich gehäutet hätte und in ein neues Stadium übergegangen wäre.

Tamás fuhr mit dem Taxi zu Katalins Wohnung in Kerepesdűlő. Er hatte den Schlüssel nicht in den Briefkasten gelegt, er war immer noch in seiner Hosentasche. Die Wohnung war so, wie er sie verlassen hatte. Er holte die gelbe Plastiktüte unter dem Bett hervor und machte sich einen starken Kaffee. Er blieb lange vor dem Fenster stehen, trank seinen Kaffee und rauchte eine Zigarette. Der Sand und der Schotter auf dem Parkplatz waren noch feucht. Aber die Autos glänzten im Sonnenlicht. Es würde ein warmer Tag werden.

Tamás dachte an die drei Fahrkarten nach Hortobágy. Für einen Moment überlegte er, ob er später, nach dem Polizeipräsidium, dorthin fahren sollte. Er stellte sich vor, wie das Dorf aussehen mochte – mit kleinen Bauernhäusern, die Wände mit weißer Kreide verputzt, die Dächer aus Stroh, die Türen und Fensterläden aus massivem Holz. Wahrscheinlich war die Erdei Ferenc utca wie all die anderen Straßen auf dem Land – breit genug für einen Pferdekarren, links und rechts Gras und daneben ein kleiner Wasserkanal. Die Strommasten aus morschem Holz würden in die Höhe ragen. Er fragte sich auch, wie Gabor Nagy, Béla Dois Schulfreund, aussehen mochte. Ob er wirklich ein Schulfreund war oder Béla Dois Handlanger.

Aber all das war jetzt nicht mehr wichtig. Er spülte seine Tasse und stellte sie zurück in den Schrank. Dann rief er die Autowerkstatt an, aber der Wagen war immer noch nicht fertig. Tamás ließ eine kleine Notiz für Katalin auf dem Küchentisch zurück, nahm das Paket unter den Arm und verließ die Wohnung. Diesmal warf er den Schlüssel in den Briefkasten.

Die Stróbl Alajos utca war mittlerweile stark befahren. Viele Lastwagen mit dunkelblauen und grünen Planen parkten am Straßenrand, auch solche mit dem ovalen Logo von Benko. Vor den Supermärkten und Discountern stapelten sich die Kisten und Pakete auf den Paletten. Es war erst 8 Uhr 30. Er hatte noch Zeit. Aber das war jetzt egal.

Tamás nahm den kürzesten Weg mit Straßenbahn und Metro zum Polizeipräsidium. Er legte dem Kommissar Janós Vargas Vermächtnis auf den Schreibtisch, schüttelte Molnár die dicke, verschwitzte Hand und verschwand grußlos in den Straßen von Budapest. Was geschehen war, war geschehen, und er war nicht einmal richtig dafür bezahlt worden. Den Großteil seiner Gage würde er nie zu Gesicht bekommen.

Tamás ließ sich die Teréz körút in Richtung Oktogon entlang treiben. In der Ringstraße pulsierte das Leben. Vor den Cafés, unter den dürren Bäumen entlang der Straßen frühstückten Budapester und Touristen auf windschiefen Stühlen und Tischen. Die alten elektrischen Autobusse in der Mitte, vom Nyugati pu kommend, und die grünen und blauen und roten und vielen anderen Autos verstopften die Straße.

Am Oktogon bog Tamás in die Andrássy út ein, aber er ging nicht in Richtung Heldenplatz mit seinen übermenschengroßen Königen, mit seinen Heiligen und umsichtigen Politikern, nicht vorbei am ramponierten Tor und der rußgeschwärzten Fassade der Anwaltskanzlei Kaplony & Baynok. Er ging in Richtung Donau und Buda, in Richtung Deák Ferenc tér mit seinen um diese Jahreszeit leeren Grünflächen und den wuchtigen, eng beieinander stehenden Gebäuden. Diese Gebäude, Generation für Generation gebaut und manche wieder abgerissen, waren wie Zeitschichten ineinander verschachtelt. In den Geschäften pulsierte das Leben, auf den Gehwegen bummelten Fußgänger, Geschäftsleute waren auf dem Weg von einem Büro zum nächsten. Hier, am Deák Ferenc tér, gab es keine Helden. Hier gab es nur noch Menschen – und den natürlichen Lauf der Geschichte.

Dank

Ein besonderer Dank gilt den beiden Erstlesern dieses Romans – meiner Frau, Zarifa Mamedova, sowie meinem Vater, W. Werner Schaefer. Beide haben mit ihrem jeweils eigenen Blick dazu beigetragen, dass das Buch konturierter, prägnanter, ausgewogener geworden ist. Auch meine Mutter, Elisabeth Schaefer, sei erwähnt: Sie hat mir als Leser die ebenso vielschichtige wie wunderbare Welt der Literatur eröffnet. Zu guter Letzt möchte ich meinem Freund Andrej Murašov aka Partizan REC danken. Denn ohne einen »partner in crime« geht es auch in der Literatur nicht.

LESEN SIE WEITER

Tilman Spengler
MADE IN CHINA
240 Seiten, gebunden mit Schutzumschlag
ISBN 978-3-88747-382 2. Auch als ebook

Germano Almeida
DER TREUE VERSTORBENE
304 Seiten, gebunden mit Schutzumschlag
ISBN 978-3-88747-378 5. Auch als ebook

Dietmar Sous
BODENSEE
144 Seiten, gebunden mit Schutzumschlag
ISBN 978-3-88747-380-8. Auch als ebook

Christoph Nix
LOMÉ – DER AUFSTAND
160 Seiten, gebunden mit Schutzumschlag
ISBN 978-3-88747-376-1. Auch als ebook

Peter Henning
DIE TOTE VON SANT ANDREU
176 Seiten, gebunden mit Schutzumschlag
ISBN 978-3-88747-375-4. Auch als ebook

Gerd Zahner
GOSTER
144 Seiten, gebunden mit Schutzumschlag
ISBN 978-3-88747-365-5. Auch als ebook

Mukoma wa Ngugi
BLACK STAR NAIROBI
256 Seiten, gebunden mit Schutzumschlag
ISBN 978-3-88747-314-3. Auch als ebook